일러두기
이 책의 제목 『활강』은 경사가 큰 슬로프를 최대한 빠른 속도로 곧게 미끄러져 내려오는 스키 종목 또는 기술을 이른다.

지은 장편소설

위즈덤하우스

3 눈目과 눈雪
◇ 107

4 진실과 진심 사이
◇ 141

매거진 T 인터뷰
◇ 181

1 불행 중 다행

1

　스키를 신고 부츠 버클을 채웠다. 스타트 라인에 서서 폴대를 꽂자, 단단하면서도 부드러운 눈이 가볍게 폴대를 감쌌다. 대회에서 그런 눈을 만나는 건 행운이다. 게다가 1차전 기록이 좋아 순번까지 앞이었다. 코스 답사 후 이미 머릿속으로 수십 번도 더 완주한 코스를 떠올렸다. 1차전보다 넓게 꽂힌 기문˙의 간격은 스피드가 강점인 선수한테 유리했고, 나는 스피드에 강했다.

　폴대를 잡은 손에 힘이 들어갔다. 심장이 터질 듯 팽팽하게 부푼 긴장감이 마음에 들었다. 출발 직전 올려다본 하늘은 유난히 맑고 파랬다.

　"셋, 둘, 하나, 고!"

• 스키의 회전 경기에서 코스를 설정하기 위하여 세운 기.

심판의 신호에 맞춰 힘차게 폴대를 밀었다. 빠르게 미끄러지며 설원을 가르는 스키 날 소리가 더없이 경쾌했다. 그러니까 그날은 대한민국 알파인 스키의 새로운 역사를 쓰기 딱 좋은 날이었다.

"남우희 선수 초반부터 아주 공격적인 스킹을 보여 주고 있어요. 오늘 컨디션도 좋아 보입니다. 이 선수는 이번에 국가대표 상비군에도 선발됐죠."

"네, 남우희 선수, 대한민국 알파인 스키의 미래입니다. 지금도 엄청 과감한 플레이를 펼치고 있는데 에지* 체인징 보세요, 흠잡을 데가 없습니다. 중 3, 아직 어린 선수 아닙니까? 괜히 천재 스키 소녀라고 불리는 게 아닙니다."

"어제까지 벌써 동계 체전 중등부 3관왕이에요. 알파인 종목에 걸린 메달은 다 따고 있는데요, 마지막 대회전** 종목까지 석권하고 멋지게 중학교 생활을 마무리할 수 있을지 기대가 됩니다."

"지금 1차전 기록도 남우희 선수가 가장 빠르거든요. 그 뒤를 강예리 선수가 바짝 쫓고 있는데, 대회전 메달도 남우희 선수가 가져갈지, 아니면 강예리 선수가 뺏어 올……, 아, 남우희 선수, 중심을 잃은 것 같은데요."

"지금 공중에 몸이 크게 떴다가 내려왔거든요. 어어, 남우희 선수,

---

* 스키 양옆 바닥 부분에 붙은 금속 날.
** 넓게 벌어진 기문을 빠른 속도로 통과하며 정확한 회전 기술과 속도의 균형을 겨루는 알파인 스키 종목.

멈춰야 하는데, 멈춰야……."

10초 동안 아무 소리도 없이 화면만 송출되던 방송은 뒤늦게 광고 화면으로 넘어갔지만, 중계가 재개되지는 못했다. 소리가 없던 10초 동안 화면에는 장비들이 모두 날아갈 만큼 슬로프 위를 심하게 구르는 내 모습과 날아갔던 폴대가 뾰족함을 과시하며 내 눈 위로 떨어지는 장면이 고스란히 담겼다.

끔찍한 사고에, 현장에 있던 그 누구도 화면을 넘길 생각조차 하지 못했던 탓이다. 그날 중계 영상은 협회의 요청으로 유튜브에서 삭제되기 전까지 다섯 시간 만에 50만이 넘는 조회 수를 기록했고, 알파인 스키 중계 역사상 가장 높은 조회 수를 기록한 방송이 됐다.

그날 난 대한민국 알파인 스키의 새로운 역사를 쓰긴 썼다.

2

"나 케첩 좀."

아침 식탁에서 동생이 건넨 케첩 통을 한 번에 잡지 못한 손이 공중에서 헛돌았다.

"내가 오른쪽으로 주지 말랬지."

사고 이후 벌써 2년째인데 남우진은 아직도 이렇게 방향을 헷갈린다. 자기 누나가 왼쪽으로만 보고 있다는 걸 대체 몇 번을 얘기해 줘야 까먹지 않을까. 쟤도 벌써 고 1인데 저 머리로 학교 공부는 제대로 따라가는지 걱정이다.

저시력 시각 장애인.

사고로 왼쪽 시력의 20퍼센트만 남은 내게 새로 생긴 호칭이다. 그 끔찍한 사고 이후 내가 볼 수 있는 세상은 뿌옇고 흐린 선명도 20퍼센트의 세상으로 조정됐다. 왼쪽 눈만 남았으니 10퍼센트인가.

"불행 중 다행입니다."

수술을 마치고 눈을 떴을 때 의사 선생님은 말했다. 시력이 절반도 안 남았는데 대체 뭐가 다행이라는 걸까. 나 빼고 의사 선생님의 말에 의구심을 품는 사람은 없어 보였다. 엄마도, 아빠도, 동생도, 나를 찾아온 사람들도, 다 하나같이 다행이라고 했다. 정작 20퍼센트도 안 되는 저시력으로 살아야 하는 건 난데, 너도 다행이라고 생각하느냐고는 아무도 묻지 않았다.

그때 누군가 나한테 물었으면 나는 뭐라고 대답했을까? 촉망받는 천재 스키 소녀에서 한순간에 미래를 잃어버린 사람이 됐는데 다행이라고요? 어제까지 멀쩡하게 잘 보이던 세상이 하루아침에 안개가 낀 것처럼 뿌예져서 혼자서는 똑바로 걷지도 못하는데 정말 다행 맞아요? 의사 선생님 딸이 이런 사고 당해도 완전 실명이 아니니 다행이라고 말할 수 있어요?

윽, 정말 최악이네.

역시 아무도 안 물어보길 잘했다. 그때 나는 갑자기 변한 상황을 받아들이느라 아주 많이 삐뚤어져 있었다.

"아, 누나 뭐야."

내 볶음밥에 뿌리는 척 슬쩍 남우진 해시브라운에 케첩을 뿌렸다. 음식에 까다로운 남우진은 해시브라운을 먹을 때 케첩을 뿌려 먹지 않는다. 그러면 감자 본연의 맛을 느끼지 못한다나 뭐라나. 다른 건 다 물렁한 녀석이 먹는 거 하나는 어찌나 진심인지, 손맛 하나는 자신 있던 경력 20년 차 시터 이모님을 이유식 거부 사태로 두 손 두 발 다 들게 했던 경력자답다.

"어머, 미안. 잘 안 보여서 내 건 줄."

"뭐래, 일부러 그런 거 다 알거든."

자식, 눈치는 빨라 가지고. 그러게, 누가 방향 헷갈리래? 그래도 이 정도 응징에서 끝냈으니 남우희 진짜 많이 인간 됐다. 그런데 그건 내가 아니라 누구라도 그랬을 거다. 선명도 100퍼센트의 세상에 살다가 하루아침에 선명도 20퍼센트의 세상으로 곤두박질쳤는데 삐뚤어지지 않을 사람이 누가 있을까. 무료로 이용하던 구독 서비스가 유료로 전환만 돼도 얼마나 큰 배신감이 드는데.

그래도 지금은 이렇게 혼자서 밥도 잘 먹고 못난 동생을 응징하기 위해 정확히 동생의 해시브라운에 케첩을 뿌릴 수 있을 정도로 새로운 시야에 적응했다. 그뿐인가. 혼자 학교도 다니고, 핸드폰도 하고, 유튜브도 본다. (물론 글씨를 아주아주 크게 해야 하고, 아주아주 가까이서 화면을 봐야 하지만.)

다윈 아저씨가 인간은 환경에 적응하는 동물이라더니 그 말이 맞나 보다. 역시 교과서에 실리는 사람은 다르다.

맞다, 그리고 제일 중요한 스키! 스키도 다시 탄다.

그냥 타는 정도가 아니라 그것도 아주 잘. 물론 처음부터 그랬던 건 아니고.

사고 후 1년 만에 처음 슬로프에 섰을 때는 아주 난리도 아니었다.

"진짜 괜찮은 거 맞지? 준비됐지?"

"응, 그렇다니까. 대체 몇 번을 묻는 거야."

"아빠가 떨려서 그래."

그 말이 거짓이 아니라는 건, 내 손을 잡은 아빠 손끝의 미세한 떨림에서 고스란히 느껴졌다. 아빠랑 처음 스키장에 왔을 때도 이랬는데.

"그때 아빠가 너 괜히 스키장 데려왔나 봐."

아빠도 나와 같은 기억이 떠올랐나 보다.

"쪼그만 게 스키 타는 거 재밌다고 손발이 꽁꽁 얼도록 하루 종일 스키장에만 있더니, 폐장 시간이라고 나가자니까 대자로 뻗어서 엉엉 울었잖아."

"내가 그랬다고?"

"방학 동안 매주 스키장 오겠다고 약속하고 나서야 겨우 울음 그쳤어. 기억 안 나?"

대자로 뻗어서 울었던 기억은 희미하지만, 그날 처음 스키장에 갔던 순간만큼은 아직도 또렷하다. 여덟 살 겨울, 방학식을 하자마자 아빠가 데려간 곳이 스키장이었다. 그 무렵 엄마, 아빠는 주말마다 나랑 남우진을 데리고 다니며 온갖 레저 스포츠란 스포츠는 다 체험하게 했는데, 나는 하나같이 힘들기만 하고 영 흥미가 없어 매번 심드렁했다. 그런데 스키는 달랐다. 일록달록 화려한 스키복부터 마음에 들더니, 매끈하게 뻗은 스키 날은 어쩐지 매혹적이었다. 그리고 무서운 속도로 바람을 가르며 슬로프를 내려오는 사람들은 왜 이렇게 또 멋있어 보이던지. 스키를 탄 시간보다 엉덩방아를 찧은 시간이 훨씬 많았지만, 그 맛보기 같은 짧은 경험만으로도 나는 본능적으로 알았다. 내가 이 스키라는 스포츠를 사랑하게 될 거라는 걸.

그해 겨울, 아빠는 약속을 지켰다. 한 주도 빠짐없이 나를 스키장에 데려갔고, 그때 처음으로 나한테도 꿈이라는 게 생겼다.

대한민국 최초 알파인 스키 올림픽 금메달리스트.

그게 내 꿈이었다. 적어도, 사고가 나기 전까지는.

"아빠가 안 데려왔어도 나 결국 스키 탔을 거야. 안 보여도 스키 타겠다고 이러고 있는 거 보면 몰라?"

"진짜 괜찮겠어?"

"아빠, 나 스키 타고 싶어."

한 치의 망설임도 없는 내 대답에 아빠의 표정이 잠시 흔들리는 게 느껴졌다. 선명하게 보이지 않아도, 그건 느낄 수 있었다.

"그러니까 이제 이 손 좀 놔 봐."

아빠는 어쩔 수 없다는 듯, 조용히 한숨을 내쉬었다.

"후유, 그럼, 진짜 셋 하면 손 놓는다."

"응."

"하나."

나는 숨을 깊이 들이마셨다.

"둘."

긴장돼서 손에 땀이 다 났다.

"셋."

드디어 아빠가 손을 놓으려는 찰나!

"잠깐!"

나는 모양 빠지게 외치고 말았다. 아, 놓지 말라고도 했던가. 천재 스키 소녀 체면이 영 말이 아니다. 땅보다 스키장 슬로프 위가 더 편했던 날도 있었는데 오랜만에 다시 선 슬로프는 왜 이렇게 무섭고 차갑던지.

"우희야, 그냥 내려가자. 아직 무리야."

두 손으로 아빠 손을 꼭 붙잡고 있는 나를 보며 아빠가 말했다.

"싫어. 나 오늘은 꼭 탈 거야."

아빠 말대로 아직 무리인지도 몰랐다. 하지만 그냥 이대로 내려가 버리면, 앞으로 다시는 스키를 탈 수 없을 것만 같아서 포기하기 싫었다. 그 뒤로도 한참이나 이어진 실랑이는 결국 내 고집을 꺾지 못한 아빠가 백기를 들면서 끝이 났다.

드디어 아빠가 천천히 내 손을 놓았다. 나는 망설이다가 조심스럽게 스키를 앞으로 밀었다.

정확히 4초 뒤, 나는 그대로 시원하게 엉덩방아를 찧었다. 스키는 균형 감각이 중요한데 균형 감각을 담당하는 시력에 문제가 생겼으니, 처음부터 쉽게 될 리가 있나. (눈감고 외발 버티기만 해 봐도 시각이 균형을 잡는 데 얼마나 중요한 역할을 하는지 금방 알 수 있다.)

그런데 신기하게 하나도 아프지 않았다.

"남우희. 우희야!"

손을 놓았던 아빠와 긴 실랑이를 옆에서 지켜만 보고 있던 엄마랑 남우진이 걱정돼서 달려오는데 이상하게 웃음이 났다.

일어날 생각도 없이 웃고 있는 나를 보는 가족들의 어리둥절한 모습이 우스워서 또 웃음이 났다. 아예 깔깔 웃으며 눈 위에 대자로 눕는데, 그 순간 눈이 예전처럼 포근하고 따뜻하게 느껴졌다.

그날부터였다. 잃어버렸다고 생각한 꿈을 다시 꾸기 시작한 건.

처음 스키를 배웠을 때처럼 넘어지면 다시 일어나기를 반복했다. 신기하게도 시력은 잃었지만 몸은 스키 타는 법을 그대로 기억하고 있었다. 스키를 다시 탄 지 얼마 지나지 않아 긴 슬로프를 처음부터 끝까지 한 번도 넘어지지 않고 활강하는 데 성공했다.

역시 인간은 환경에 적응하는 동물이 맞나 보다. 땡큐, 다윈 아저씨.

한 번의 성공이 열 번이 되고, 열 번의 성공이 백 번을 넘겨 셀 수 없게 되었을 때, 나를 부르는 또 하나의 호칭이 생겼다.

시각 장애인 스키 선수 남우희.

그렇게 나는 다시 선수가 됐다.

3

불행 중 다행이라는 의사 선생님의 말은 맞았다.

시력은 잃었지만, 여전히 나는 스키 선수고, 일반 선수일 때보다 시각 장애인 스키 선수가 된 지금 국가대표가 될 가능성도 패럴림픽에서 메달을 딸 가능성도 더 커졌으니까.

그러면 오히려 행운인 건가?

아니, 그래도 행운이라는 말은 취소다.

4

"어이, 남우희 제대로 안 하냐. 지금 중심 다 무너졌지."

나는 체력 훈련이 싫다. 특히 밸런스 보드 위에서 하는 스쿼트, 런지 세트는 정말 싫다. 그리고 정상 시력으로도 하기 힘든 훈련을 이렇게 무자비하게 시켜 놓고, 자기는 편안하게 벽에 기대서서 손가락으로 횟수나 세고 있는 코치님은 더, 더 싫다.

"자세 제대로 안 하면 카운트 안 된다니까."

굳이 접히지 않은 손가락을 코앞까지 가져와 보여 준다.

아까부터 접힐 줄을 모르는 저놈의 손가락! 손가락까지 얄밉다.

"이건 아까 달릴 때 무리해서 그런 거잖아요. 다리에 힘이 안 들어간다고요."

"트랙 하루이틀 도나. 그 정도로 다리 힘 빠지면 너 선수 자격 없어."

"평소보다 열 바퀴는 더 뛴 거 아시죠?"

"헐, 왜 그랬대?"

저, 저, 또 나왔다. 자기가 시켜 놓고 남이 시킨 것처럼 말하는 저놈의 3인칭 화법. 코치님 별명이 괜히 악마가 아니다.

"코치님이 시켰잖아요!"

"에이, 여름 전훈도 못 갔는데 체력이라도 빡세게 잡아 놔야지."

"그러니까 이러지 말고 가이드 러너를 빨리 구해 달라고요. 가이드 러너는 구하고 있는 거죠?"

"어쭈. 또박또박 말대답할 체력이 아직 남았네. 열 세트 더!"

내가 말했다, 나는 코치님이 정말 싫다고.

새로운 가이드 러너를 찾는 게 이렇게 힘든 줄 알았으면 내 첫 가이드 러너였던 미영 언니를 그렇게 쿨하게 보내 주지 않는 건데…….

리프트에서 내린다.

양발을 어깨 너비로 벌리고 선다.

상체를 숙여 몸의 무게를 앞쪽에 싣고 무릎을 살짝 구부린다.

스키 모양을 A 자로 만든다.

그 상태를 유지하면서 S 자를 그리며 내려간다.

인터넷에 스키 타는 법이라고 검색하면 나오는 방법이다. 내가, 그러니까 저시력 시각 장애인이 스키를 타는 것도 이것과 별반 다를 건 없다. 딱 하나, 가이드 러너와 함께 타야 한다는 것만 빼고.

가이드 러너는 시야가 제대로 확보되지 않는 시각 장애인 선수가 안전하게 스키를 탈 수 있게 선수보다 먼저 활강하며, 헬멧에 연결된 블루투스 헤드셋으로 방향, 속도, 회전 타이밍 등 경기에 필요한 정보를 전달하는 사람이다.

한마디로 시각 장애인 스키 선수에게 가이드 러너는 인간 내비게이션인 셈이다. 운전할 때 내비게이션이 필수이듯 시각 장애인 스키 선수에게 가이드 러너는 필수다. 그런데 그 가이드 러너가 지금 몇 달째 공석이었다. 가이드 러너가 없어 여름 전지훈련도 놓쳤다. 한국에서는 겨울에만 설상 훈련이 가능해 여름에는 유럽 전지훈련을 통해 실전 감각을 끌어 올려놔야 한다. 그래야 본격적인 대회가 열리는 겨울 스키 시즌을 대비할 수 있는데, 가이드 러너를 구하지 못해 여름 내내 지상 훈련만 반복했다. 그런데 가을이 넘어가도록 가이드 러너 없이 이렇게 체력 훈련만 하고 있을 줄은 몰랐다. 특히 이번 시즌은 내년 패럴림픽에 참가할 국가대표를 뽑는 선발전이 있어 마음이 더 조급했다.

다른 코치님들은 친한 선배, 후배 다 동원해서 좋은 가이드 러너를 잘만 찾아오던데 우리 코치님은…….

그래, 내가 기대하지를 말아야지. 저 악마한테 무슨 친구가 있겠어.

"남우희, 열 세트 더 하고 싶어? 오늘 왜 자꾸 집중 못 하고 딴생각이지?"

하여튼 귀신. 자기 욕하는 건 기가 막히게 잘 안다.

오늘따라 미영 언니가 더 그립다. 언니가 있었으면 저 악마 같은 코치님한테서 날 지켜 줬을 텐데. 패럴림픽까지 같이 가자고, 가서 대한민국 장애인 알파인 스키 최초로 패럴림픽 금메달을 꼭 목에 걸자고 약속했지만, 언니한테 나보다 소중한 존재가 생긴 이상 놓아줄 수밖에 없었다. 아니, 내가 뱃속에 있는 아기를 이길 수는 없잖아.

"훈련 끝났어요?"

엄마다! 이 지옥 같은 훈련을 끝내 줄 유일한 사람. 내가 다시 스키를 타기 시작한 이후 매니저를 자청한 엄마는 훈련 스케줄을 단 1분도 어긴 적이 없다. 매번 훈련장으로 함께 이동해 훈련이 시작되면 조용히 사라졌다가, 이렇게 훈련이 마무리될 때쯤 조용히 나타나 나를 집까지 모셔 간다. 굳이 그럴 필요 없다는 데도 무슨 철칙처럼 지키는 걸 보니 그래야 엄마 마음이 편한가 보다.

"엄마, 나 오늘 못 걸어. 이건 훈련이 아니라 고문이야, 고문."

"뭐, 말할 힘 있는 거 보니 더 해도 되겠네."

"헐. 엄마랑 코치님이랑 짰어?"

세상에 믿을 사람 없다더니, 어째 요즘 점점 엄마가 코치님을 닮아가는 것 같다.

"역시, 어머님 짱."

코치님은 얄밉게 엄지손가락을 두 개나 들어 보였다.

또 손가락이다! 저놈의 손가락 서서 내가 언젠가 반드시 부러뜨리고 만다.

"코치님, 5시까지 온다고 했죠?"

"네, 어머님. 거의 다 왔대요."

응? 이건 또 무슨 소리?

"오늘 누가 와?"

"얘기 안 하셨어요?"

내가 엄마한테 물었는데, 엄마가 다시 코치님한테 묻는다.

"조금 있으면 곧 보는데요, 뭐."

"누굴요?"

"글쎄, 누굴까? 요즘 남우희가 제일 기다리는 사람?"

뭐야, 유치하게. 스무고개도 아니고. 내가 제일 기다리는 사람? 내가 제일…… 설마.

"오늘 새 가이드 러너 와요?"

"그래, 인마. 그걸 못 기다리고 하루 종일 투덜투덜."

아니 그러면 진작 말씀을 하시지. 나 모르게 또 언제 구했대. 그래도 코치님한테 친구라는 게 있긴 있나 보다. 그것 참 다행이다.

근데 진짜 누구지? 가이드 경력 많은 사람인가? 누구 파트너였지? 스키 스타일 잘 맞아야 하는데. 몇 살이려나, 남자? 여자?

그때였다. 훈련장 문이 열리고 그토록 기다리던 가이드 러너가 모습을 드러냈다. 반가운 마음에 엄마도 코치님도 제치고 제일 먼저 가이드 러너에게 다가가 인사를 건넸다. 그런데 성큼 좁혀진 거리감에 당황한 새 가이드 러너가 고개를 드는 순간, 무언가 잘못됐음을 깨달았다.

"강……예리?"

믿을 수 없어 새 가이드 러너에게 얼굴을 더 바짝 들이밀었다. 천천히 초점이 맞으며 새 가이드 러너의 얼굴이 아까보다 선명하게 눈에 들어왔다.

설마 진짜 강예리 너야?

그때 손가락 하나가 올라와 내 이마를 슬쩍 뒤로 밀었다. 부담스럽지 않은 거리를 확보한 새 가이드 러너가 말했다.

"어, 맞아."

젠장.

내가 그토록 기다리던 새 가이드 러너가 강예리라니…….

코치님은 역시 친구가 없는 게 맞았다.

5

강예리를 처음 본 건 초등학교 3학년 겨울, 처음으로 참가한 전국 동계 체전에서였다. 나보다 먼저 스키장에 도착해 연습하고 있던 또래 아이를 보자마자 걔가 '그' 강예리라는 걸 알았다.

그 시절 스키 좀 탄다고 하는 초등학생이라면 어딜 가나 한 번쯤은 들어 봤을 이름, 강예리. 초등학교에 입학하기 전부터 강원도 스키장을 누비고 다니며 스키를 탔다는 스키 신동. 초 1 전국 동계 체전에 처음 참가했을 때부터 언니 오빠들을 다 이기고 초등부를 씹어 먹고 다녔다는 그 꼬맹이. 하도 이야기를 많이 들어서 그런지 처음 봤는데도 원래 알던 사람처럼 친근했다. 그래서 막 훈련을 끝낸 강예리에게 다가가 다짜고짜 말을 걸었다.

"안녕. 우리 같이 떡볶이 먹을래?"

"너, 나 알아?"

그래, 강예리는 그때도 그랬다. 같이 간식 먹자는 애한테 다짜고짜 "너, 나 알아?"라니. 뭐 같이 떡볶이 먹으면서 알아 가면 되는 거지, 꼭 아는 사이에만 같이 떡볶이 먹으라는 법 있나. 하여튼 차가운 건 그때나 지금이나 똑같다.

얼음 공주. 그게 스키 신동 강예리의 또 다른 별명이었다. 얼음장처럼 차갑고 도도한 표정은 기본, 자기한테 말 걸지 말라는 듯 언제나 귀에 꽂은 이어폰, 금메달을 목에 걸었을 때만 한번 볼 수 있다는 차가운 미소, 그야말로 딱 재수 없는 스타일. 그런 애가 실력이 안 좋으면 유난이라고 엄청 욕을 먹었겠지만, 강예리는 스키까지 어찌나 깔끔하고 완벽하게 타는지 딱 자기 성격대로였다. 강예리는 그때부터 완벽한 스키 자세와 테크닉으로 유명했다. 한마디로 실력으로는 깔 게 없었다. 그야말로 스키 유망주들의 유니콘 같은 존재랄까.

그런 애한테 내가 덥석 친한 척을 한 거였다. 아니 뭐 유니콘은 친구도 없냐고. 그런데 강예리는 진짜 친구가 없었다. 대회에 나가면 또래 선수들과 몰려다니는 나와 달리 강예리는 늘 혼자였다. 선수들은 감히 얼음 공주한테 말을 걸 생각도 못 했고, 딱히 강예리도 다른 선수들과 친해질 생각이 없어 보였다. 그런데 나는 그게 왜 그렇게 신경이 쓰였는지. 하여튼 그때나 지금이나 이놈의 오지랖.

"이거 먹을래?"

그날도 또 이어폰을 꽂고 혼자 있는 강예리한테 불쑥 젤리를 내밀었다. 아무렇지 않게 내밀었지만, 사실 며칠을 고민해서 고른 신상 젤리였다. 왠지 얼음 공주는 간식도 아무거나 먹을 것 같지 않아서. 갑자기 내민 젤리를 빤히 보던 강예리가 이어폰을 뺐다.

"고마워."

강예리가 젤리를 집어 드는데 그게 뭐라고 그렇게 기쁘던지. 얼음 공주의 작은 틈을 발견한 나는 대회가 있을 때마다 강예리 젤리를 하나씩 꼭 따로 챙겨 갔다. 고마워로 시작된 강예리의 대답도 조금씩 길어졌다. 어느새 우리는 간식도 나눠 먹고 연습하다가 지겨우면 같이 장난도 칠 만큼 가까워졌다.

물론 열 번 중 열 번 다 내가 먼저 말을 걸고 장난을 걸었지만 그래도 나는 우리가 친구가 됐다고 생각했다. 제일 친한 친구까지는 아니더라도 적어도 여기 대기실에 있는 선수 중에 강예리랑 가장 친한 건 나라는 확신이 있었다. 분명히 그랬었는데 그 확신이 무너진 게 언제부터였더라?

내가 처음 동계 체전에서 강예리를 이기고 1등이 됐을 때? 매번 1, 2등으로 엎치락뒤치락하다가 어느 순간 1등이 나로 고정되기 시작했을 때? 우리 둘이 어딜 가나 공식 라이벌로 불리며 자기 기록보다 서로의 기록에 대해 더 많은 질문을 받기 시작했을 때? 정확히 언제부터였는지 모르겠다. 분명한 건 강예리가 어느 순간부터 티 나게 나한테 거리를 두기 시작했다는 거였다.

내가 장난을 걸어도 말을 시켜도 점점 반응하는 빈도가 줄더니 어느 날 강예리는 내가 준 젤리를 뜯지도 않고 대기실에 그대로 두고

갔다. 그날을 기점으로 나도 더 이상 강예리 젤리를 따로 챙기지 않았다.

그렇게 강예리랑은 자연스럽게 멀어졌다. 대회 때면 경기장 한편에 마련된 대기실에서 또래 선수들과 늘 시끌벅적하게 뭉쳐 있던 나와 달리, 강예리는 그 반대편 어딘가에서 이어폰을 꽂고 늘 혼자 시간을 보냈다. 선수 대기실 끝과 끝. 그게 나와 강예리 사이의 적당한 거리감이었다.

그랬는데, 그랬으면서, 갑자기 내 가이드 러너를 하겠다고 지금 강예리가 여기에 제 발로 나타난 거다. 사고 이후에도 찾아오기는커녕 괜찮냐는 연락 한 번도 없었던 애가 갑자기 왜? 자기가 언제부터 내 일에 관심 있었다고.

아니 그것보다도 지금 쟤는 올림픽을 준비해야 하는 거 아닌가? 나랑 그때 같이 국가대표 상비군에 뽑혔었으니 지금쯤이면 분명 정식 국가대표가 됐을 텐데 왜?

"싫으면 네가 말해."

궁금해 죽겠다는 얼굴로 1분쯤 뚫어지게 강예리를 쳐다보자 한다는 말이 그거였다. 싫으면 네가 말해. 아, 그리고 자기는 이미 계약서에 도장을 찍어서 어쩔 수 없다는 말도 덧붙였다. 그러니까 뭐야 자기도 지금 내 가이드 러너를 하기 싫은데 어쩔 수 없이 끌려왔다 이거지? 잘됐네, 눌 다 싫으면 안 하면 되겠네.

집으로 돌아오는 차 안에서 나는 한마디도 하지 않았다. 대신 불통하게 내민 입술로 불만을 온몸으로 표시했다. 현관문을 열자마자 외투를 아무렇게나 벗어 던지고 방으로 들어가는 것까지 모두 계획된 행동이었다. 역시나 엄마가 외투를 들고 방으로 따라 들어왔다.

"가이드 러너 다시 구해 줘요. 코치님한테는 내가 말할게."

"가이드 러너 구하느라 애먹은 거 알면서, 쓸데없는 걸로 힘 빼지 말자."

내 반응쯤은 이미 예상했다는 듯 엄마는 외투를 옷장에 걸며 말했다.

"그리고 엄마가 옷 아무 데나 벗어 두지 말라고 말했지. 방도 좀 치우고."

"아, 엄마. 나 걔랑은 못 해. 내가 어떻게 강예리랑 같이 스키를 타!"

"언제는 스키만 탈 수 있으면 아무나 상관없다며."

맞다. 내가 그런 말을 하긴 했다. 그런데 그건 가이드 러너가 하도 안 구해지니까 잠깐 실언한 거지, 그게 이렇게 발목을 잡을 줄은 몰랐다. 그리고 아무리 그래도 강예리는 진짜 아니지 않냐고.

"코치님이 예리가 딱이래. 스키 실력이야 뭐 말할 것도 없고, 너랑 오래 봐서 네 스키 스타일도 잘 알고, 실전 경험도 많고, 좀 완벽해?"

나도 알죠. 그런데 그게 지금 강예리라서 문제라고요, 엄마.

"예리같이 실력 있는 선수가 가이드 러너 하겠다는데 무조건 환영 아니야?"

 "그러니까 그 실력 있는 선수가 왜 자기 올림픽 준비는 안 하고 내 가이드 러너를 하냐고요. 걔 뭔가 꿍꿍이가 있다니까요. 아니면 뭐 엄마가 협박이라도 했어요?"

 얼토당토않은 투정에 엄마가 갑자기 말을 멈추고 내 얼굴을 빤히 쳐다봤다. 마치 내가 모르는 진짜 이유가 있기라도 한 듯.

 "너 진짜 몰라? 예리 이번에 국가대표 상비군에서도 탈락했어."

 어? 강예리가? 왜……?

 "기록이 영 안 나오나 보더라. 하여튼 이제 다른 가이드 러너는 구하고 싶어도 못 구하니까 잔말 말고 예리랑 훈련 시작해. 예리가 정 싫으면 네가 알아서 가이드 러너 구하든가, 혼자 스키 타든가, 네 마음대로 해!"

 문 닫히는 소리를 듣고서야 엄마가 방에서 나갔다는 걸 알았다. 강예리가 국가대표 상비군에서 떨어졌다는 이야기를 듣고 난 뒤로는 아무것도 귀에 들어오지 않았다. 사고 이후 강예리 소식을 간간이 듣긴 했었다. 예전만큼 기록이 나오지 않는다는 소식에 슬럼프가 왔나 보다 하고 대수롭지 않게 넘겼었는데…….

 "라이벌 사라졌으면 잘 좀 하지. 대체 얼마나 기록이 떨어진 거야."

 침대에 엎드려 노트북을 켰다. 내 시야에 맞게 조정된 화면에 검색창을 띄우고, 이름을 입력했다.

| 강예리 |

아이돌 강예리, 배우 강예리, 인플루언서 강예리, 사업가 강예리 등등 내가 찾는 강예리보다 유명한 다른 강예리들의 기사가 차례로 검색됐다. 한참 스크롤을 내리자 드디어 스키 선수 강예리의 기사가 몇 개 보였다.

> 스키 신동 강예리 초라한 추락… 국가대표 상비군 탈락
> 신예 정다은 국가대표 최연소 상비군 발탁, 강예리 선수 탈락
> 강예리, 전국 동계 체전 무메달 수모… 끝을 모르는 슬럼프 언제까지?
> 신인 선수에게도 밀리는 국가대표 상비군? 선발 기준 문제없나

"치, 실력 떨어져서 왔네. 가이드 러너는 뭐 쉬운 줄 알아?"

노트북을 덮고 몸을 굴려 한쪽으로 눕자, 침대 옆 협탁에 놓인 수호랑이 보였다. 금메달을 목에 걸고 스키를 신고 있는 수호랑. 평창 동계 올림픽에서 저 인형을 살 때만 해도 대한민국 최초 알파인 스키 올림픽 금메달리스트가 꿈이었는데……. 강예리도 저 인형 샀다고 그랬었는데…….

"그러면 이제 선수는 안 하는 건가?"

말을 뱉고 정확히 3초 뒤, 화들짝 놀라 침대에서 벌떡 일어났다.

"잠깐만 뭐야, 남우희. 너 지금 강예리가 가이드 러너 한다고 생각

한 거야? 너 설마 강예리 가이드 러너로 받을 생각한 거야? 미쳤다. 정신 똑바로 차려. 선수는 너야. 가이드 러너 선택은 네가 하는 거야. 개랑은 절대 같이 스키 못 타! 아니 안 타!"

그렇게 수호랑 앞에서 주먹까지 불끈 쥐고 굳게 결심했다.

절대 강예리를 가이드 러너로 받지 않겠다고.

그런데 왜? 대체 왜? 강예리가 지금 내 눈앞에 있는 거냐고.

강예리는 내 다짐을 비웃듯 나보다 일찍 훈련장에 나와서 스트레칭하고 있었다.

"저 강예리는 싫다고 말씀드렸는데요."

"응, 나도 말했는데. 강예리밖에 없다고."

누구 코치님인지 오늘도 역시나 참 얄밉다.

"아니, 제가 싫다잖아요. 선수가 싫다는데 이러는 건 반칙이죠. 저 강예리랑 같이 스키 못 타요. 가이드 러너 경험도 없는 애를 어떻게 믿고 타요."

"예리야, 너 열심히 해야겠다. 우희가 너 못 믿겠대."

코치님이 강예리 들으라고 일부러 크게 소리쳤다.

아니 이걸 저렇게 바로 말하면 어떡해. 코치님을 원망스럽게 쳐다보는데 강예리가 내 쪽으로 걸어왔다. 당황한 티를 내지 않기 위해 시선을 피하지 않았다. 그리고 일부러 더 고개를 빳빳하게 들었. 틀린 말도 아닌데 뭐.

"믿게 할 테니까 시간 낭비 그만하자."

강예리가 말했다.

"코치님 설득 실패한 거 같은데 이럴 시간에 훈련이나 하자고. 시즌 곧이잖아."

"내 시합을 왜 네가 신경 써?"

"말했잖아, 계약서에 도장 찍었다고. 하기로 한 이상 대충할 생각 없어."

"누군 대충하고?"

"훈련 5분이나 늦었길래 그러는 줄."

망할 교통 체증. 더 망할 강예리!

"자, 그러면 정리됐지? 훈련 시작하자."

내 어깨를 툭 치고 가는 코치님이 애써 웃음을 참고 있는 게 느껴졌다.

그런 코치님 뒤를 따라가는 강예리는 뒤통수도 얄미웠다.

이제 훈련장에 내가 싫어하는 게 하나 더 늘었다.

그렇게 강예리는 내 가이드 러너가 됐다.

2 최악의 파트너

1

 물과 기름, 개와 고양이, T와 F, 톰과 제리, 된장과 고추장. 아, 이건 아닌가. 여하튼 세상에 존재하는 절대 섞이지 않는 조합이란 조합은 싹 다 모아서 가장 섞이지 않는 조합을 만들면 그게 나와 강예리일 게 분명하다.
 안 맞아. 안 맞아. 안 맞아도 너무 안 맞아. 강예리와 함께 훈련을 시작한 이후 내가 제일 많이 입에 달고 사는 말이다. 강예리와 함께하는 훈련은 생각했던 대로, 아니 생각했던 것 이상으로 나빴다. 그야말로 최악 중의 최악.
 하나부터 열까지 어떻게 이렇게 안 맞을 수가 있을까. 스키 타는 스타일부터, 훈련하는 방법, 선호하는 코스, 성격, 음식 취향, 하다못해 스키를 신고 벗는 방향까지도 다 반대였다.
 "근데 궁금한 게 있는데 너 그거 네가 직접 네 돈 주고 산 거야?"

한번은 훈련이 끝나고 강예리가 말차 아이스크림을 먹고 있길래 진짜 궁금해서 물었다.

"어. 이거 내가 제일 좋아하는 맛인데."

미쳤나 봐 진짜. 저게 맛있대. 원래 아이스크림은 달콤한 맛에 먹는 거 아니냐고. 아이스크림을 무슨 맛으로 먹는지도 모르는 저런 애랑 어떻게 같이 호흡을 맞춰서 스키를 타라는 건지 눈앞이 정말 캄캄했다.

그래, 뭐 우리는 프로니까 취향이고 성격 차고 나발이고 이런 부수적인 것들은 적당히 무시하거나 깡그리 포기하면 된다. 이런 것들까지 잘 맞는 선수와 가이드 러너도 있겠지만 - 미영 언니랑은 그랬지만 - 그러면 같이 호흡을 맞추기가 훨씬, 훠월씬 편하겠지만 - 물론 미영 언니랑은 그랬지만 - 세상에 원래 완벽한 것은 없으니까, 그것까지는 바라지도 않는다. 어차피 우리가 같이 살 것도 아니고, 선수와 가이드 러너로 만난 건데 같이 호흡 맞춰서 스키만 잘 타면 됐지 뭘 더 바라겠는가.

그런데 강예리는 바로 그 호흡 맞춰서 같이 스키 타기가 안 됐다.

◇◇◇

"코치님 우리 전훈 기는 거 다시 생각해 봐아 하는 거 아니에요?"

급하게 잡은 전지훈련이 일주일도 안 남은 상태였다. 본격적인 시즌 전에 강예리와 빠르게 호흡을 맞추려면 설상 훈련이 필수라 무리하게 프랑스행 비행기 티켓을 끊었는데 강예리 상황은 하나도 나아진 게 없었다.

"괜히 돈이랑 시간만 버리는 거 아닌가 해서요."

코치님도 고민이 많은지 선뜻 대답을 못했다. 그러게 내가 강예리는 안 된다니까.

강예리도 제 나름대로 한다고 하는 것 같은데 사실 강예리의 제일 큰 문제는 딱 하나다. 스키를 너무 정석대로 잘 탄다는 거. 그게 문제다. 무슨 소리냐고?

가이드 러너가 선수와 호흡을 맞추며 스키를 타기 위해서는 '뒤 확인하면서 타기', '말하면서 타기' 이 두 가지에 익숙해져야 한다. 그래야 뒤에 선수가 가이드 러너를 잘 따라오는지 둘 사이의 간격이 너무 가깝거나 멀어지지 않았는지 확인할 수 있다.

뒤를 신경쓰면서 타려면 당연히 스키 타는 자세에도 변화가 생긴다. 그런데 이미 정석 자세에 익숙해진 강예리가 갑자기 자세를 바꾸려니 자꾸 무게 중심이 무너졌다. 선수 시절 찬양받던 완벽한 자세가 오히려 걸림돌이 된 것이다.

말하는 타이밍도 문제다. 혼자 타는 스키에 익숙한 강예리는 본능적으로 몸이 먼저 반응했고, 그러다 보니 자꾸 정보 주는 타이밍을 한 박자씩 놓쳤다. 게다가 경기에 몰입하면 어느 순간 말하면서 타야 한다는 것을 아예 까먹고 혼자 스피드 올리기에 바빴다. 이대로면

실제 시합 때 선수와 가이드 러너 사이의 규정 간격에서 벗어나 실격 처리될 게 뻔했다. 이것 역시 강예리 몸에 밴 선수 본능 때문이고.

이게 하루아침에 고쳐지겠냐고. 지금이라도 다시 경험 있는 가이드 러너를 찾는 게 낫지 않나. 믿게 하겠다더니 강예리 아주 쌤통이다.

그런데 이거 지금 쌤통 맞아? 이러면 나도 손해잖아. 대회도 얼마 안 남았는데 이걸 좋아해야 할지 슬퍼해야 할지 모르겠다. 진짜 강예리는 내 인생에 도움이 안 된다.

"코치님, 저 남아서 연습 더 하다 갈게요."

그래도 양심은 있는지 강예리가 나머지 훈련을 자청했다.

"그럴래? 그럼 자세 몇 번만 더 잡아 보자."

"네."

"그래, 그러면 우희는 먼저 들어가고. 어머님 오셨지?"

그때 기다렸다는 듯 훈련장 문이 열렸다. 하여튼 엄마는 칼이라니까.

"그럼 들어가 보겠습니다. 엄마, 가자."

"끝난 거 맞아? 예리는?"

"쟨 못해서 나머지 훈련해야 해."

엄마가 강예리 눈치를 보며 내 옆구리를 쿡 찔렀다.

"쟤도 자기 때문에 전훈 망치게 생긴 거 알아."

"남우희!"

이럴 때는 그만 멈추고 얼른 화제를 다른 데로 돌려야 한다. 여기서 더 하면 진짜 혼난다.

"엄마, 나 배고파."

"안 그래도 김밥 사 놨어. 가면서 먹어. 코치님, 김밥 좀 드리고 갈까요?"

"괜찮습니다. 들어가세요."

두 사람만 두고 먼저 가는 게 영 마음에 걸리는지 미적거리는 엄마를 잡아끌었다.

"엄마, 나 배고프다고, 계란 김밥이지?"

"그래, 너 좋아하는 집에서 샀다."

"앗싸, 역시, 엄마 최고. 얼른 가자."

강예리 보란 듯이 일부러 더 과장했다. 따라붙는 강예리 시선이 느껴졌다. 뭐, 어쩌라고. 제발 강예리 때문에 전훈이 망하는 일만 없기를 바랄 뿐이다.

2

 요란하게 울리는 알람 소리에 잠에서 깼다.

 벌써 전훈 5일째. 학습된 몸은 반사적으로 침대에서 튕겨 일어났다. 눈도 제대로 못 뜬 채, 옷을 입고 미리 챙겨 둔 장비를 어깨에 둘러메고 밖으로 나갔다. 훈련을 위해 각국에서 모인 선수들과 연습하기 좋은 코스를 선점하기 위해 새벽마다 벌이는 눈치 싸움이 치열했다. 덕분에 매일 기상 시간이 조금씩 빨라졌다. 다행히 오늘은 우리가 1등이다. 길게 늘어선 선수들을 제치고 우리가 제일 먼저 곤돌라에 탑승했다. 눈곱도 안 떼고 나온 보람이 있다.

 좋은 코스를 선점한 코치님이 기분 좋게 연습용 기문을 꽂을 동안 눈 상태도 점검할 겸 가볍게 프리 스키로 몸을 풀었다. 아무도 타지 않은 그루밍된 슬로프˙ 위를 제일 먼저 내려가는 건 언제나 짜릿하다. 천연 눈이 단단하게 잘 얼어 있는 스키장의 설질 상태는 훈련하기에 딱이었다. 어젯밤 회의를 통해 보완하기로 한 회전 자세도 머릿속으로 점검을 마쳤다. 오늘 아침 훈련은 모든 것이 완벽하다. 이제 강예리만 잘하면 된다.

그 사실을 나도 알고, 코치님도 알고, 강예리도 안다.

"강예리, 선수랑 가이드 러너 간격이 얼마라고 했지?"
출발 직전 코치님이 강예리에게 한 번 더 상기시켰다.
"기문 두 개에서 세 개요."
"그래, 오늘은 그것만 신경 쓰는 거야. 간격 벌어지면 타 보지도 못하고 실격이다."
"네."
"지금은 빨리 타는 게 아니라 같이 타는 게 중요해, 알았지?"
"네."
치, 대답이라도 못하면. 어제까지도 자꾸만 간격이 벌어져 애를 먹었으면서. 강예리도 머리로는 속도 조절을 해야 한다고 인지하고 있는 것 같은데 몸에 남은 습관이 잘 안 고쳐지는 듯했다. 그놈의 선수 본능은 대체 언제 사라지는 건지.

˙ 눈이 고르게 다져져 타기 좋은 상태로 정비된 슬로프.

"또 벌어졌다, 다시!"

"간격, 다시!"

"간격!"

"간격!"

"간격!"

 그놈의 간격 소리, 벌써 열 번도 넘었다. 코치님은 오늘 이 부분을 고치기로 작정한 모양이다. 이러다가 피니시 라인 한 번 통과 못 해 보고 오전 훈련을 다 날리게 생겼다. 새벽부터 일어나 좋은 코스를 선점하면 뭐 하냐고. 지금 세 번째 기문 이상은 통과도 못 하고 있는데……. 오늘 설질 상태도 죽이는데 이대로는 억울해서 안 되겠다.

"야, 강예리. 내가 속도 올릴 테니까 간격 신경 쓰지 말고 그냥 타."

 강예리가 무슨 소리냐는 듯 고개를 휙 돌렸다.

 안 봐도 지금 강예리가 어떤 표정을 짓고 있을지 대충 그려졌다. 그렇다고 말을 멈출 생각은 없었다. 애초에 주워 담을 거였으면 시작도 안 했다.

"내가 간격 맞추겠다고. 너, 이 좋은 설질에서 스타트 연습만 하다 갈 거야? 이러려고 돈이랑 시간 써서 여기까지 온 거 아니거든."

"……."

 자존심이 상했는지 강예리는 대꾸가 없다. 슬쩍 옆을 보니 입술을 깨무는 것 같기도 하고. 뭐, 자존심 상하라면 상하라지. 지금 누구 때문에 훈련도 제대로 못 하고 있는데.

"난 한 번은 제대로 타 봐야겠으니까 간격 신경 쓰지 말고 코스 안내나 제대로 해."

통보하듯 말을 내뱉고 출발 자세를 잡았다.

나를 보는 강예리 시선이 느껴졌지만 고집스럽게 코치님만 쳐다봤다. 드디어 출발 신호가 떨어지고, 강예리와 내가 순서대로 출발했다. 처음부터 무리해서 스피드를 올렸다. 주춤하던 강예리도 내가 뒤에서 먼저 속도를 높여 따라붙자 자기도 스피드를 내기 시작했다. 강예리가 스피드를 올려도 간격이 벌어지지 않게 이를 악물고 따라붙었다. 초반 코스는 익숙했다. 이미 여러 번 반복해서 탔던 구간이라 속도를 유지하는 것도 어렵지 않았다. 문제는 오늘 한 번도 타 보지 못한 후반 구간인데 이건 가이드의 도움 없이 내 시야만으로는 한계가 있다. 제발 강예리가 가이드를 제대로 해 주길 바라는 수밖에.

세 번째 기문을 통과하자 드디어 오늘 처음 타 보는 구간에 진입했다.

"강예리 어때? 지금 라인 잡아? 업? 다운?"

아무 대답도 없다.

"야, 강예리!"

또 침묵. 입안이 바싹 말라붙었다.

애는 대체 뭐 하는 거야, 안내를 못 하겠으면 대답이라도 제대로 해야지.

"야! 나 그냥 고 한다!"

그 순간, 헬멧을 뚫고 코치님의 다급한 외침이 들렸다.

"스톱!"

무슨 일인지는 몰라도 위험한 상황이라는 건 직감적으로 알았다. 생각할 겨를도 없이 몸이 먼저 반응했다. 급히 제동을 걸며 스키를 세웠다. 시야 사각지대에 있던 나무와 정면으로 충돌하기 직전이었다. 조금만 더 늦었으면 그대로 들이박을 뻔했다.

숨이 턱 막혔다.

코치님과 강예리가 놀라서 달려왔다.

"괜찮아?"

강예리 목소리가 살짝 떨렸다.

괜찮냐고? 지금 이게 누구를 놀라나. 인내심이 바닥을 쳤다.

"야, 강예리, 너 그렇게 계속 스키 혼자 탈 거야? 나 지금 너 때문에 또 사고……."

사고가 날 뻔했다는 말은 차마 입 밖으로 나오지 않았다. 밖으로 꺼내는 순간, 그날의 끔찍했던 기억이 다시 눈앞을 덮칠 것 같아서.

"……믿게 한다며, 믿게 한다는 게 이거야?"

내가 내는 소리 같지 않았다. 나조차도 처음 들어 보는 낮고 차가운 목소리. 화가 머리끝까지 나면 오히려 머릿속이 차분하고 냉정해진다는 걸 처음 알았다. 그리고 동시에 잔인해실 수 있다는 것도.

"네가 아직도 선수인 줄 아나 본데 너 나 보조해 주는 사람이야. 여기 아무도 네 스키에 관심 없다고. 가이드하러 왔으면 가이드나 똑바로 해. 못 하겠으면 지금이라도 그만두든가. 너 때문에 여러 사람 피해 보게 하지 말고."

강예리가 어떤 표정을 짓고 있는지 보이지 않아 다행이었다.

오후 훈련도 저녁도 다 통으로 날렸다. 도저히 오늘은 강예리 얼굴을 보고 같이 남은 훈련을 할 자신이 없었다. 하루 종일 방에만 틀어박혀 있다가 무거운 몸을 겨우 일으켜 밖으로 나왔다. 그대로 다음 날 아침까지 꼼짝도 안 하고 누워 있고 싶었지만, 아까 훈련을 마치고 아무렇게나 던져둔 장비들 때문에 그럴 수도 없었다. 스키 날은 하루만 관리를 안 해도 에지가 무뎌져 회전에서 티가 난다.

본격적인 정비를 위해 자리를 잡고 앉아 스키를 꺼냈다.

어? 내 스키가 아닌가? 스키에 바짝 얼굴을 대고, 다시 한번 확인했다. 맞는데? 고개를 갸웃하며 스키 날을 손으로 쓸어 보는데 이미 누군가의 손을 거친 듯 에지가 날카롭다.

"장비 걱정은 됐나 보지?"

뒤에서 코치님 목소리가 들렸다. 아, 아무도 마주치고 싶지 않았는데.

"보강 훈련할게요."

괜히 찔려서 코치님한테 먼저 숙이고 들어갔다. 훈련도 멋대로 빼먹은 주제에 코치님이 스키 정비까지 하게 했으니 이건 보강 훈련 열흘짜리다. 제발 인터벌 훈련만 없길 빌어야지. 진이 빠질 때까지 달려야 하는 무한 인터벌은 생각만 해도 벌써 다리가 풀리고 숨이 가쁘다.

"에지는 잘 갈렸어?"

"네, 감사합……."

"예리가 엄청 열심히 갈았어."

놀라서 감사하다는 인사가 쏙 들어갔다.

"강예리가 했어요?"

"그럼, 뭐 내가 했겠냐? 훈련 빼먹은 놈 뭐가 이쁘다고. 자기 스키도 두고 네 거 먼저 하더라."

뭐, 그래서 어쩌라고. 입이 삐죽 나왔다. 괜히 민망해서 들고 있던 스키나 만지작거리는데 곱게 왁스 칠까지 먹여 놓은 게 신경을 많이 쓴 티가 났다. 강예리 진짜, 뭐 하자는 거야.

"강예리는…… 괜찮죠?"

"왜, 성질부리고 신경 쓰여?"

"아니요."

1초 만에 아니라고 대답했지만 사실 그랬다. 미치게 신경 쓰였다.

오후 내내 누워 있었던 건 사실 강예리한테 화가 나서도, 사고가 날 뻔했던 아찔한 순간 때문도 아니었다. 아까 놀라서 달려온 강예리힌데 참지 못하고 무차별로 쏟아 낸 말들 때문이었다. 아무리 화가 나서 한 말이라고 해도 곱씹을수록 도가 지나쳤다.

그 정도까지 할 필요는 없었는데……. 이끼 강예리도 많이 놀란 것 같아 보였는데……. 아, 몰라. 그러게, 누가 가이드 똑바로 안 하래? 처음부터 강예리가 제대로 했으면 이런 일도 없었잖아. 가이드 러너가 입을 꾹 다물고 리드를 안 하는데 그게 가이드 러너야? 아까 못 멈췄으면 진짜 큰 사고 날 뻔했다고.

"남우희, 너 뭐 하냐?"

"예?"

"혼자 중얼중얼, 오른쪽으로 앉았다가 왼쪽으로 앉았다가. 왜 그러는 거야? 나 무서울라 그래. 너 막 뭐 귀신 같은 거 보여?"

"아, 진짜. 코치님!"

"고민 그만하고 들어가서 자. 내일 보강 훈련까지 하려면 빡세다."

그래, 이래야 코치님이지. 절대 훈련은 봐주는 법이 없다.

"가는 길에 이거 예리한테 전해 주고."

강예리 헬멧이다.

"예리 거 헤드셋이 연결됐다 안 됐다 했더라고. 고쳤으니까 이제 잘될 거라고 해."

순간 목에 뭐가 걸린 것처럼 숨이 탁 막혔다.

"아니 걔는, 이거 헤드셋 언제부터 그랬대요?"

"네가 가서 직접 물어봐."

"됐어요. 그리고 이것도 코치님이 가져다주세요."

"남우희, 오늘부터 보강 훈련 시작할까?"

그래, 악마가 괜히 악마가 아니지. 코치님한테 떠밀려 강예리 방으로 가는 걸음이 자꾸만 느려졌다. 손에 들린 헬멧 때문인가. 오늘따라 헬멧도 유난히 무거운 거 같고. 대체 헤드셋은 언제부터 고장 나 있었던 걸까? 아까 훈련 때도 그래서 강예리가 내 말에 대답을 못 한 건가? 생각해 보니 오늘 훈련 때 유독 헤드셋에서 들리는 소리가 없었다. 강예리 목소리는커녕 숨소리 하나 들리지 않았다.

아, 아침부터 고장 나 있었던 거 맞네. 젠장.

어느새 강예리 방이 코앞이었다. 망설이다가 문을 두드렸다.

"이거 코치님이 가져다주래."

내가 어색하게 내민 헬멧을 강예리는 더 어색하게 받았다.

"어, 그래."

"…… 헤드셋, 아침에도 고장 났었어?"

"됐다 안 됐다 했어."

"그럼 아까 내 말, 하나도 안 들렸어?"

"들렸어."

"근데 왜 대답 안 했어?"

"했어. 안 들렸는지는 몰랐고."

역시 고장 나 있던 게 맞았다.

"야, 그러면 아까 말을 하지. 난 네가 또 가이드는 하나도 안 하고, 혼자 네 스키만!"

강예리가 딱 그 순간 나를 한번 보더니 어깨를 으쓱했다. 정말 그 이유를 모르냐는 듯.

"그래, 내가 말할 기회를 안 줬네. 내 잘못이네."

이럴 땐 어떤 말을 해야 하는지 너무 잘 알았다. 그래서 안 할 도리가 없었다.

"미안. 멋대로 오해한 것도, 아까 말 심하게 한 것도. 미안해."

끙끙거리고 고민했던 게 무색할 정도로 사과는 쉬웠다. 강예리가 마음에 안 드는 건 안 드는 거고 내가 잘못한 건 잘못한 거니까.

"아냐, 나도 잘한 거 없어. 애초에 내가 제대로 했으면 안 일어날 일이었잖아."

뭐지? 지금 그 천하의 강예리가 나한테 사과를 하는 건가?

"다음부터는 코치님 몰래 마음대로 훈련 바꾸는 멍청한 짓 안 할 거야. 내가 너한테 말렸어."

그럼 그렇지. 내가 강예리를 오해할 뻔했다.

"야, 지금 그러면 아까 내 판단이 멍청했단 거야? 안 그랬으면 우리 오늘 그 좋은 코스 한 번도 제대로 못 탔어."

"평생 못 탔을 수도 있었어. 네 무리한 판단 때문에."

"그러면 네가 처음부터 간격을 잘 맞추던가!"

"용건 더 없지?"

이러려고 했던 게 아닌데 왜 또 이렇게 됐지? 강예리랑은 어째 좋은 관계가 5분을 못 간다.

"안 쫓아내도 갈 거야. 근데 너 맨날 방에 틀어박혀서 뭐 하냐? 전훈 내내 저녁 먹고 나면 고빼기도 안 보이잖아."

"그것까지 말해야 해?"

"아니, 나도 안 궁금해."

"지금 네가 물어봤거든."

강예리가 어이없다는 듯 피식 웃었다. 으, 자존심 상해. 싸운 것도 아닌데 왜 매번 강예리한테는 지는 거 같지? 이만 후퇴해야겠다.

"간다. 아, 에지 잘 먹었더라."

그냥 가려다가 생각나서 한마디 했는데 강예리 반응이 가관이다.

"어. 그거, 코, 코치님이 시켜서 억지로 한 거야."

뭐래, 아닌 거 아는데. 자존심은 지키고 싶다, 이거지? 거짓말은 영 소질이 없는지 강예리는 도망치듯 방문을 닫았다. 뭐야? 강예리한테 저렇게 귀여운 면도 있었어? 어째 오늘은 내가 이긴 것 같다.

3

 월요일 등교는 대체 언제 익숙해지는 걸까? 10년 넘게 학교에 다니는 중인데 아직도 익숙해지지 않는 걸 보면 영원히 익숙해지지 못한 채 졸업하게 되는 거 아닌가 싶다. 월요일 아침은 늘 버겁지만, 오늘처럼 전지훈련을 마치고 바로 등교해야 하는 날에는 차라리 어디 부상이라도 당해서 병원에 며칠 입원하고 싶다는 생각이 간절하다. 강예리와의 말 많고 사고 많았던 전지훈련을 마무리하고 귀국한 게 어제 오후였다. 그런데 다음 날 아침 이렇게 바로 등교라니. 이건 정말 너무 가혹하다.

 귀국 후에 하루는 쉴 수 있을 줄 알았는데 수업 일수를 계산해 보니 아슬아슬했다. 아무리 학교에서 편의를 봐준다고 해도 졸업을 위해서는 정해진 출석 일수를 채워야 한다. 본격적으로 시즌이 시작되면 학교를 제대로 나가는 게 불가능하니 여유가 있을 때 부지런히

채워 놔야지 어쩌겠는가.

그나저나 강예리도 오늘 학교에 갔나? 걔는 출석 일수 여유 있어서 쉬는 거 아냐? 아, 그러면 배 아픈데. 연락해 봐? 맞다, 나 강예리 번호 없지. 명색이 가이드 러너인데 번호도 저장 안 해 놓고 나도 참나다. 근데 강예리한테는 내 번호가 있나? 그런 쓸데없는 생각이나 하며 걸었더니 어느새 교실 앞이었다.

"남우, 왔어?"

교실 문을 다 열기도 전에 반가운 목소리가 들렸다.

2년째 같은 반인 내 짝꿍 지영이. 오늘도 역시나 목소리에 졸음이 가득하다. 고 2가 된 이후 지영이는 늘 수면 부족에 시달리는 중이다. 고 3도 아니고 아직은 여유가 있지 않나 싶지만 그건 내가 함부로 단정할 수 있는 일이 아니라 말을 아꼈다.

"훈련은 어땠어?"

"개빡셌어. 넌 모고 잘 봤어?"

"개처망함. 나 대학 못 갈듯."

말을 마친 지영이 그대로 책상으로 엎어졌다. 여기까지가 나랑 지영이가 오랜만에 만나면 마치 루틴처럼 반복하는 안부 인사다. 난 매번 빡세고, 지영이는 매번 개망하지만 그래도 즐겁다.

2주 만의 등교라고 그동안 밀린 수다가 꽤 많았다. 우리 수다 주제는 주로 지영이 쪽에서 털어 놓는 개 시리즈 - 개어려워, 개힘들어, 개재수없어 - 였는데 오늘도 개재수없이기 길다. 개재수없의 대상은 부모님, 언니, 학원 선생님, 담임 등등 엄청 다양했는데 요즘 들어 편의점 대학생 알바로 고정된 걸 보니 아무래도 지영이의 개재수없어는 개좋아의 다른 말인가 보다. 이것 역시 굳이 아는 척은 하지 않았다.

드르륵. 교실 앞문이 열리는 소리에 신나게 떠들던 지영이의 목소리가 줄어들었다. 예상보다 이른 담임의 등장으로 교실은 잠깐 조용해졌지만, 그 평화는 오래 가지 않았다. 곧이어 아이들의 시선이 한 곳으로 쏠리며 교실은 다시 웅성거리기 시작했다. 모두를 소란스럽게 만든 건, 담임을 따라 교실에 들어선 낯선 전학생이었다.

"뭐야, 이 시기에 웬 전학? 반장 너 뭐 들은 거 있어?"

지영이가 뒷자리에 앉아 있는 반장에게 물었다.

"아니. 나도 지금 처음 보는데? 뭐지? 내신 때문에 온 건가?"

"뭐야, 또 경쟁자 등장이야?"

"전 학교에서 적응 못 하고 깔아 주러 온 귀인일 수도 있지."

부반장도 끼어들었다.

"어디 경쟁자인지 귀인인지 좀 볼까?"

"뭐 얼굴 본다고 아냐?"

어정쩡한 시기에 전학을 왔다는 이유로 온갖 추측을 다 받고 있는 전학생한테 나도 살짝 흥미가 돋았다.

"기다려 봐. 내가 딱 보고 맞혀 볼 테니까."

본다고 맞힐 수도 없으면서 조금이라도 전학생의 얼굴을 잘 보겠다고 있는 대로 인상을 찌푸리고 초점을 맞췄다. 그리고 드디어 담임한테 가려져 있던 전학생의 얼굴이 드러난 순간 묘한 기시감이 들었다.

어? 이거 뭔가 얼마 전에도 비슷한 상황이 있었던 것 같은데…….

"오늘부터 우리 반에서 같이 지낼 새 친구야. 소개는, 예리가 직접 할까?"

그랬다. 담임의 말에 앞으로 나와 자기소개를 시작한 전학생은 강예리였다. 또 그 강예리!

◇◇◇

"야, 너 옥상으로 따라와!"

담임이 나가자마자 강예리를 옥상으로 불러냈다. 친구를 옥상으로 불러낸 건 태어나서 처음이다. 아, 정정한다. 친구는 아니고 강예리를 옥상으로 불러냈다.

"너 어떻게 된 거야? 진짜 전학 온 거야?"

"가짜 전학도 있어?"

"왜?"

"왜겠니?"

그래, 질문이 멍청했다. 이런 일을 꾸밀 사람이 누군지 뻔하다. 코치님이랑 엄마. 훈련할 때 매일 붙여 놓는 것도 모자리 이제는 이에

학교에서까지 강제로 붙어 있으라 이거지? 어른들은 억지로 붙여 놓으면 저절로 사이가 좋아지는 줄 아나 본데 그거 아주 큰 착각이다.

"넌 그렇다고 진짜 전학을 와?"

"난 선택권이 없어. 고용당한 입장이라."

그래. 그놈의 계약 소리 왜 안 하나 했다 내가.

"너 그거 불공정 계약이야. 네가 돈을 얼마나 받는 줄은 모르겠는데 계약했다고 전학까지 가라 마라 하는 거 그거 부당한 요구야. 너 계약서는 꼼꼼하게 본 거지?"

"많이 받아."

"어?"

순간 당황해서 말문이 막혔다.

"그 정도 요구할 만큼은 받는다고. 요구에 최대한 협조하는 게 조건이고. 그러니까 그냥 받아들여."

뭐지? 이건 내가 생각했던 전개가 아닌데.

"강예리 넌 괜찮아? 나랑 학교에서까지 붙어 있는 거 정말 괜찮아?"

"붙어 있을 생각 없는데?"

"어?"

오늘 강예리가 여러 번 사람 당황스럽게 한다.

"학교에서 우리가 어떻게 지내는지 두 분은 모르실 거 아냐."

대박, 얘 천재 아냐?

"혹시 가서 다 말할 생각이었어?"

"내가 바보야? 그걸 말하게?"

"그럼 됐네. 나 신경 쓰지 말고 지내던 대로 지내."

"너야말로. 괜히 친한 척, 아니, 아는 척도 하지 마."

"뭐, 그러든가. 대신 학교 끝나고 연습은 같이 가."

"내가 왜…… 설마, 그것도 계약에 있어?"

강예리가 어깨를 으쓱했다.

쟤는 대체 얼마를 받은 거야? 강예리 부자 되겠네.

강예리를 두고 먼저 옥상을 내려가는데, 눈치 없는 강예리가 뒤따라 내려오는 소리가 들렸다. 내가 황당하다는 얼굴로 쳐다보는데도 태평하게 "왜?", "뭐?"나 하는 걸 보니 강예리는 아직도 뭐가 문제인지 모르는 모양이다.

"학교에서는 아는 척 안 하기로 했잖아."

"그런데?"

얘를 옥상으로 불러낼 때도 애들한테 안 들키게 불러내려고 얼마나 조심했는데. 강예리는 진짜 눈치라고는 1도 없다. 얘는 비밀 연애 같은 거 한 번도 안 해 봤나 보다. 뭐 그렇다고 내가 해 본 건 아니지만.

"지금 너랑 나랑 같이 내려가면 누가 봐도 아는 사이로 보이잖아. 나 먼저 갈 테니까, 넌 5분 있다 내려와."

"내가 불렀으니깐 네가 기다렸다 내려와."

내 대답은 듣지도 않고 강예리는 벌써 나를 지나쳐 계단을 내려갔다. 허, 가이드 러너가 선수를 혼자 버려두고 먼저 가는 거 봐. 이것만 봐도 답이 딱 나온다. 강예리는 체질적으로 가이드 러너가 어울리는 애가 아니다. 여기는 내가 눈 감고도 내려갈 수 있을 만큼 익숙한 공간이라 봐준다, 진짜.

정확히 강예리보다 5분 늦게 교실로 돌아와 강예리 자리부터 가늠했다. 내가 2분단 제일 앞이니까 강예리가 4분단 세 번째 줄 뒤로만 앉으면 걔가 뭘 하든 전혀 보이지 않을 것 같은데……. 담임한테 뭐라고 말해서 강예리를 4분단으로 보내지? 이럴 땐 저시력이라 다행이다. 살다 보니 저시력 덕을 볼 때가 다 있다.

그런데 예상치 못한 변수가 발생했다.

"남우, 담임이 나 자리 옮기래."

조회 끝나고 교무실로 불려 갔던 지영이 입에서 청천벽력 같은 소리가 나왔다.

안 돼. 내 짝꿍은 지영이뿐인데, 지영이가 왜!

"너 전학생이랑 스키 같이 탄다며, 앞으로 둘이 짝꿍이래."

젠장. 엄마랑 코치님은 나랑 강예리 생각보다 더 치밀했다. 강예리도 이거까지는 예상 못 했는지 잠시 비어 있는 내 옆자리를 보다가 체념한 듯 자리를 옮겨 앉았다. 같은 학교 같은 반도 모자라 짝꿍까지! 이럴수록 역효과가 난다는 걸 어른들은 왜 모르는 걸까. 덕분에 강예리와 거리는 가까워졌을지 몰라도 사이는 더 멀어지게 생겼다.

 가지고 있는 교과서를 죄다 꺼내 강예리와 내 책상 사이, 정확히 그 중앙에 올려 벽을 쌓았다.

 "넘어오면 죽는다."

 나도 초등학교 이후 처음 해 본 말이라 얼굴이 다 화끈거렸다. 유치해도 어쩔 수 없다. 고분고분하게 두 사람 뜻에 따라 줄 생각 따위 전혀 없다.

 옥상에서 한 약속 때문인지 책상 위 교과서 벽 때문인지, 그 후로 강예리가 학교에서 나를 거슬리게 하는 일은 딱히 없었다. 내 옆에 앉아 있다는 것 빼고는. 그마저도 수업 시간 외에는 내가 강예리를 피해 지영이 자리로 가서 지영이 옆에만 딱 붙어 있었기 때문에 더더욱 그랬다.

 "지영스, 음악실 가자."

 "응. 근데 전학생은? 같이 안 가도 돼?"

 오히려 나보다 지영이가 강예리를 챙겼다.

 "시간표 있잖아. 알아서 오겠지."

 괜히 얽히기 싫어 지영이를 재촉했다. 신나게 개재수없어 오빠 이야기를 하며 음악실로 가던 지영이가 자기 손이 민 길 보고 멈칫했다.

 "헐, 나 음악책!"

 음악은 교과서 없으면 벌점인데 이걸 음악실 앞 계단에 와서야 알아차리다니 재촉한 내 죄가 크다.

"어쩔 수 없지 뭐. 빨리 갔다 올게. 남우, 먼저 가 있어."

지영이가 교실 방향으로 사라지자 계단 앞에서 잠시 숨을 골랐다.

음악실로 내려가는 계단은 끝 처리가 되어 있지 않은 일명 '난이도 상' 구간이다. 계단 끝부분을 튀는 색깔의 테이프나 페인트로 처리해 놓지 않으면, 마치 평지처럼 보여서 나 같은 저시력 시각 장애인에게는 매우 위험하다. 이런 계단에서는 자칫하면 넘어지기 쉬워 특별한 주의가 필요하다.

"몇 번이나 건의했는데 아직도 그대로야."

난간을 잡고 한참 계단을 째려보다 신중하게 한 발을 내디뎠다. 그런데 발이 예상보다 깊게 아래로 꺼지며 몸이 앞으로 쏠렸다. 내 기억보다 계단이 훨씬 깊었다. 순간 난간을 잡은 손에 힘이 들어갔다. 간신히 난간을 의지해 중심을 잡고 겨우 한숨 돌렸다. 애써 놀란 마음을 진정시키고 충격을 받은 발목과 손목을 천천히 돌려 확인했다. 다행히 큰 이상은 없는 것 같았다.

"후유, 십년감수했네."

이런 작은 부상도 기록에는 꽤 영향을 끼쳤다. 특히 지금처럼 시즌을 앞두고 있을 때는 특별히 몸을 더 사려야 했다. 분명 코치님이 알면 한 소리 했을 게 뻔했다. 강예리한테 들키지 않아서 다행이었다.

다시 숨을 크게 들이쉬고 계단에 집중했다. 계단 하나 내려가는 게 뭐라고 이렇게까지 긴장해야 하는 건지, 학교에 계단 끝 처리 좀 해 달라고 한 번 더 건의해야겠다.

계단의 깊이를 생각하며 조심조심 다시 발을 내딛으려는 때였다.

"그리고 계단 끝까지 내려올 생각은 아니지?"

계단 아래서 반갑지 않은 목소리가 들렸다. 강예리, 쟤는 언제부터 거기 있었던 거야. 하필이면 제일 들키고 싶지 않은 사람한테 들키고 말았다.

"남이사 그러든 말든 강예리 네가 무슨 상관?"

"왜 상관이 없어. 너 다치면 시작도 못 해 보고 시즌 끝나는 건데."

으유, 밉상, 말을 해도 꼭.

"걱정 마. 너한테 피해 가는 일 없게 해."

다시 집중해서 계단을 째려보는데 무언가 불쑥 내밀어졌다.

"잡아."

어느새 계단을 올라온 강예리가 손을 내밀고 있었다.

4

"야, 전학생 뭐야? 진짜 남우희 보디가드야?"

"남우희 지키라고 걔네 집에서 전학시킨 거라는데?"

"남우희가 공주냐? 보디가드가 있게. 활동 보조인인가 뭔가 그거라던데?"

"보조인? 근데 우희가 그 정도로 눈이 나빴나?"

"필요하니까 전학까지 왔겠지. 전학생 하루 종일 남우희만 보던데."

"어. 어제 남우희랑 같은 줄에서 급식 먹다 나까지 체할 뻔."

벌써 이번 주만 세 번째다. 화장실에서 아이들 입에 오르내리는 나와 강예리 이름을 들은 게. 으, 강예리! 이게 다 강예리 때문이다.

이딴 헛소문에 시달릴 줄 알았으면 그때 강예리 손을 잡지 말았어야 했다.

때마침 수업 시작종이 울렸어도, 음악책을 들고 달려오던 지영이가 늦었다고 소리쳤어도, 강예리의 도움은 절대 받지 말았어야 했다.

한 번의 잘못된 판단으로 내 학교생활은 엉망이 됐다.

그날 강예리 도움을 받은 이후 어디를 가도 따라붙는 시선 하나가 생겼다. 수업 시간에도, 체육 시간에도, 급식 시간에도, 쉬는 시간에도, 화장실을 갈 때도 늘 나를 좇는 시선 때문에 뒤통수가 따가웠다.

아니 강예리 쟤는 나 감시하러 학교 다녀?

강예리는 내가 혼자 있으면 큰일이라도 날 것처럼 나를 주시하다가 내가 잠깐이라도 멈칫거리면 음악실 계단 앞에서처럼 멋대로 불쑥 끼어들어 원치 않는 도움을 주고 사라졌다. 마치 내가 혼자서는 정상적인 학교생활을 할 수 없는 사람인 것처럼.

아무래도 강예리는 뭔가를 단단히 착각하고 있는 듯했다.

지금도 봐. 그냥 지영이랑 수다 좀 떨려는 것뿐인데, 저렇게 또 티 나게 쳐다보고 있다.

"남우, 있지……."

"응, 오늘은 또 왜? 뭐가 개재수 없었는데?"

"그게 아니라 나, 전학생 눈빛 부담스러워서 너랑 이제 수다 못 떨겠어. 미안해, 남우."

기어이 지영이가 강예리 때문에 개 시리즈 중단을 선언했다.

이제 나도 더는 못 참아.

"야, 강예리 너 옥상으로 따라와."

두 번째 옥상 호출이었다.

"야, 너 뭐야? 이것도 계약이야?"
"무슨 소리야, 알아듣게 말해."
"네가 맨날 나만 따라다니니깐 애들이 불편해하잖아. 신경 쓰지 말자며, 지내던 대로 지내라며! 설마 너, 나 엿 먹이려고 일부러 이래? 내 학교생활 망치려고?"
"남우희, 너도 진짜 꼬였다. 도와주면 그냥 도움받아."
이거 봐, 강예리 얘는 뭐가 문제인지 모른다니까.
"도와 달라고 한 적 없어."
"그럼 신경 쓰이게 하지를 말든가. 너 부상당하면 내 시간도 꽁으로 날리는 거야. 그러니까 괜한 자존심……."
"넌 내가 스키는 어떻게 탄다고 생각하는 거야?"
"뭐?"
강예리는 말문이 막힌 듯 아무 말도 하지 못했다.
"내가 얼마나 보이는지, 어디까지 볼 수 있는지 관심도 없지?"
정곡을 찔렸는지 강예리가 조용하다.
"너 없이도 혼자 학교 잘만 다녔어. 적응 잘하고 있는 사람 괜히 들쑤시지 말고 나한테 신경 꺼. 그딴 동정 하나도 안 고마우니까."
"야, 그건 동정이 아니라……."
"필요하지도 않은 도움 주는 거, 그게 동정이야."

말끝이 닿기도 전에 강예리는 다시 입을 다물었다. 숨소리만 들리는 짧은 정적이 어색하게 흘렀다.

괜히 말을 더 섞기 싫어 먼저 몸을 돌렸다.

강예리 들으라는 듯 일부러 쿵 소리 나게 옥상 문을 닫았다. 계단을 내려가는 동안 다행히 따라오는 소리도 느껴지는 시선도 없었다. 그리고 그 이후에도.

이제야 강예리도 말귀를 알아들었나 보다. 그날은 오후 훈련도 혼자 갔다. 강예리가 전학 온 이후 처음이었다.

훈련장 안은 평소처럼 열기로 가득했다.

익숙한 공간에 들어서니 언짢았던 마음도 조금 가라앉는 것 같았다. 그러나 그 평화도 오래가지는 않았다. 내가 혼자 온 게 익숙한 풍경 속 유일하게 낯선 광경이라도 되는 듯, 코치님이 자연스럽게 강예리의 행방부터 물었다.

"왜 혼자 와? 예리는?"

"알아서 오겠죠. 우리가 뭐 세트도 아니고. 억지로 붙인다고 안 친해져요."

"잘 지내는 것 같더니 왜? 또 싸웠어?"

바짝 다가선 코치님이 난감하다는 듯 이마를 짚었다. 대답하지 않고 스트레칭이나 시작하려는데, 코앞에서 움직이는 코치님 손이 시야에 길렸다. 이마를 짚고 있던 코치님 손은 어느새 코치님 머리 위로 올라가 머리카락을 죄 쥐어뜯을 듯이 움켜쥐고 있었다. 아무래도 골치 아픈 일이 생기긴 생겼나 보다. 그리고 그 골치의 원인은 나랑 강예리인 듯하고.

초조하게 강예리를 기다리던 코치님은 강예리가 훈련장에 들어서자마자 잽싸게 다가가 붙잡았다.

"어, 예리야, 우희랑 둘이 무슨 일 있었어?"

안 들리는 척 무시하려고 해도 신경이 온통 그쪽으로 쏠렸다. 강예리가 뭐라고 대답할지 나도 궁금했다.

"아무 일도 없었어요."

여우 같은 강예리 대답에 코치님 얼굴이 눈에 띄게 밝아지는 게 느껴졌다.

"그치? 남우희 저게 또 변덕 부리는 거지? 난 또, 괜히 걱정했네."

"그런 거 아니거든요!"

아무렇지 않은 척하는 강예리가 얄미워 소리를 꽥 질렀다.

또, 또, 나만 유치한 애 만들지. 가자미눈을 하고 두 사람 쪽으로 고개를 홱 돌리는데, 내 기분 따위 안중에도 없다는 듯 코치님이 폭탄을 던졌다.

"너희 시범 경기 잡혔다."

그러니까 코치님의 말을 요약하자면 이랬다. 장애인스키협회를 후원하는 기업에서 신제품 출시를 기념해 스키장에서 대대적인 행사를 하는데, 그 이벤트 중 하나로 우리의 시범 경기를 진행하고 싶어 한다는 것. 라이벌이었던 두 천재 소녀가 시각 장애인 스키 선수와 가이드 러너로 다시 만났다는, 나와 강예리의 드라마틱한 사연으로 기업은 홍보 효과를 누리고 협회는 더 많은 후원을 받을 수 있는 일석이조의 행사.

코치님은 마치 선택권이 우리한테 있는 것처럼 말했지만 사실 이미 결정된 사항이라는 걸 나도 강예리도 알았다. 어른들의 복잡한 사정을 다 알지는 못해도 스키가 얼마나 많은 지원과 후원을 필요로 하는 종목인지 우리도 알 만큼은 알았다.

처음부터 정해진 답이 있는 문제였다. 그러니까 그 말은 나랑 강예리가 시범 경기에 꼼짝없이 출전하게 생겼다는 얘기다. 그것도 하필이면 나와 강예리 사이가 가장 최악인 지금.

그날 이후 학교에서 나를 좇던 강예리 시선은 완전히 사라졌다. 우리는 처음 약속한 대로 학교에서는 서로 모르는 사람처럼 지내다가, 수업이 끝나면 함께 훈련장으로 이동해 시범 경기를 대비한 훈련을 이어 갔다. 예정된 경기를 앞두고 감정을 앞세우는 유치한 일 같은 건 없었다. 각자 주어진 제 몫의 훈련량을 소화했고, 훈련에 필요한 최소한의 말만 나눴다. 그 덕분에 팀워크를 적어도 시범 경기에서 망신당하지 않을 수준까지는 끌어올렸다. 겉으로 보면 제법 괜찮은 팀처럼 보이기도 했다.

하지만 나와 강예리의 거리감은 좀처럼 좁혀지지 않았고, 여전히 나는 우리가 한 팀이라는 생각이 들지 않았다.

답답한 마음에 음료를 빨대로 쭉 들이켰다. 반쯤 줄어든 음료처럼 이 답답함도 좀 줄어들면 좋겠는데……. 고개를 들어 창 쪽으로 시선을 돌렸다. 일부러 큰 창이 있는 카페로 약속 장소를 골랐는데, 내가 앉은 자리까지는 빛이 잘 닿지 않는 모양이다. 역시 내 시력이 문제인가 보다. 아니면 내 마음이 문제든가.

후유, 한숨이 절로 나왔다.

"그래서 어디 땅 꺼지겠어?"

익숙한 목소리에 고개를 돌렸다. 나를 배려해 얼굴을 앞으로 쭉 내민 미영 언니가 웃고 있었다.

"언니!"

습관처럼 덥석 안았다가 언니의 배가 내 몸에 닿는 바람에 우리 둘 다 웃음이 터졌다.

"조심성 없는 건 여전하지."

"잔소리부터 하는 것도 여전하고."

오랜만에 만난 미영 언니는 배도 동글, 얼굴도 동글, 편안하고 행복해 보였다. 내 가이드 러너였을 때보다 더. 치, 언제는 스키 없으면 못 산다더니. 임신하고 스키는커녕 스키장 그림자도 못 밟았을 텐데 저렇게 행복해 보인다.

가이드 러너가 되기 전 미영 언니는 애매하게 늘 10등 근처를 맴돌던 선수였다. 메달권 밖의 선수가 대학 졸업 후 선택할 수 있는 진로는 뻔했다. 은퇴 후에도 스키는 포기 못 해서 스키장 강습 알바를 시작한 언니는 거기서 운명처럼 시각 장애인 스키 선수를 만났고, 그게 가이드 러너의 시작이었다.

재밌는 건, 가이드 러너가 되고 나서 언니 스키 인생이 제대로 꽃을 피웠다는 거다. 선수 때는 아무도 찾지 않더니, 가이드 러너가 되고 나서는 여기저기서 언니를 데려가려고 난리였다. 언니가 인기 있는 가이드 러너가 된 이유는 딱 하나, 선수의 완벽한 멘털 케어. 언니는 선수가 실수해도, 변덕을 부려도, 돌발 상황에 멘털이 흔들려도, 늘 한결같이 차분했다.

"괜찮아, 내가 있잖아. 다시 타 보자."

언니의 그 한마디는 어떤 심각한 상황도 별일 아닌 것처럼 만들어 버리는 힘이 있었다. 그건 순위가 전부인 이 세계에서, 꿋꿋하게 스키만 보며 10년을 버틴 언니의 내공이 만들어 낸 마법 같았다.

내게도 미영 언니는 최고의 가이드 러너였다. 시력을 잃고 다시 스키를 탈 때, 내게 필요한 건 어떤 기술이나 요령이 아니라 할 수 있다는 용기였고, 언니는 100퍼센트 그것을 채워 준 사람이었다.

언니는 나한테 단순한 가이드 러너를 넘어선 인생의 코치 같은 존재였달까. 첫 가이드 러너가 이렇게 완벽했으니 자연히 강예리와는 비교가 될 수밖에 없었다.

"예정일이 언제라고?"

"이제 2주 남았나? 당분간 보기 힘들 것 같아서 만나자고 했지."

볼록하게 부른 배가 신기해서 자꾸 시선이 갔다.

"진짜 얼마 안 남았네. 기분은 어때? 좋아?"

"그건 내가 묻고 싶은 말인데. 새 가이드 러너는 어때? 좋아?"

"아니, 최악이야."

생각할 틈도 없이 답이 튀어나왔다.

"뭐야. 무슨 답이 1초 만에 나와."

"최악이니까. 언니, 그냥 언니가 다시 내 가이드 러너하면 안 돼?"

"그럴까? 내가 그냥 애 업고 탈까?"

"치. 이제 아주 남의 일이지?"

괜히 불퉁해져서 음료에 꽂힌 빨대만 휘적거렸다.

"왜, 뭐가 문젠데? 코치님이 새 가이드 스키 잘 탄다던데?"

"잘 타면 뭐 해."

휘적거리던 빨대를 미영 언니가 뺏어 갔다.

"괜히 빨대 괴롭히지 말고."

"…… 같이 타는 기분이 안 들어."

"흐음. 그건 문제네. 얘기는 해 봤고?"

말없이 고개만 젓자, 미영 언니가 손에 빨대 대신 쿠키를 쥐어 줬다. 그러곤 자기도 쿠키 하나를 또 집어 들었다. 임신하고 하루 종일 쿠키를 달고 산다더니 수북했던 쿠키가 꽤 많이 줄어 있었다.

"우희야, 나, 며칠 전에 화장실에서 혼자 밤에 몰래 울었다."

그런 말을 하면서도 언니 입은 쉬지 않고 쿠키를 씹었다. 간식이라고는 입에도 안 대던 사람이었는데, 임신이라는 게 생각보다 대단한 일이긴 한가 보다. 잠깐만 근데, 언니가 울었다고? 멘털 관리의 대가 박미영이?

"진짜로 울었어? 언니가?"

"출산이 얼마 안 남았다고 생각하니까 너무 무서운 거야. 기저귀 가는 것도 모르는데 진짜 아이가 태어나면 어떡하나, 내가 서툴러서 애가 잘못되면 어떡하나, 나 때문에 다치는 거 아닌가, 그런 생각 하니까 갑자기 너무 무섭더라고. 난 아직 엄마 될 준비가 하나도 안 됐는데, 아는 것도 하나도 없는데……. 그래서 거의 막 대성통곡을 했거든."

"뭐야, 임신하더니 완전 겁쟁이 됐네. 벌써 그러면 어떻게 하냐?"

"그러니까 말이야. 근데 그렇게 울고 있는데 착착이가 그러더라고. 혼자가 아닌데 뭘 걱정하냐고. 자기가 도와줄 테니까 걱정하지 말라고."

"착착이? 그게 누군데?"

"여기 있잖아. 착착이. 뭐든지 착착 잘하라고 착착이."

언니는 뿌듯하게 자기 배를 가리켰다. 미영 언니 뱃속에 있는 아이 태명이 착착이인가 보다.

"아 뭐야. 걔가 무슨 말을 한다고."

"진짜야. 내가 막 울고 있으니까 착착이가 이렇게 배를 톡톡 건드렸나니까. 엄마 내가 있잖아, 다 괜찮아, 걱정하지 마. 그렇게 말하는 게 다 느껴지더라고."

"치, 그거 언니 단골 멘트잖아."

"그니까. 내가 천재를 가졌나 봐."

"아, 뭐래. 임신하더니 이상해졌어. 엄마 되면 다 이런 거야?"

"좀 오번가?"

미영 언니는 자기도 민망한지 피식 웃더니 쿠키를 또 한 입 베어 물었다. 언니 뱃속에 있는 착착이는 쿠키를 정말 많이 좋아하나 보다.

"근데 그땐 진짜 그렇게 느껴졌어. 아, 나 혼자 아니구나. 착착이랑 같이 하는 거구나. 그렇게 생각하니까 진짜 괜찮더라고."

언니는 잠시 뜸을 들이다 다시 말을 이었다.

"그 친구도 그런 사람이 필요하지 않을까?"

언니가 또 마법을 부리기 시작했다. 가이드 러너를 그만둬도 역시 내공은 어디 안 가나 보다.

"가이드 러너 처음이잖아. 얼마나 낯설고 무섭겠어. 좋게 온 것도 아니고, 기록 떨어져서 온 거라며. 지금 가장 불안하고 초조한 사람은 네가 아니라 그 친구일 거 같은데?"

"그래서 뭐, 나보고 어쩌라고."

"네가 좀 봐주라고."

말없이 쿠키만 만지작거리고 있던 내 손을 언니가 자기 배로 가져갔다.

"뭐 하는 거야?"

"착착이가 할 말 있대. 뭐라고? 네가 생각해도 우희 언니가 도와주는 게 맞다고?"

언니는 정말 아이 말이 들리기라도 한다는 듯이 고개를 숙여, 배에 귀를 가까이 가져갔다.

"언니 지금 진짜 이상한 거 알지?"

"조용히 해 봐. 착착이가 대답할 거니까."

뭐라는 거야, 진짜. 대답은 무슨. 황당하게 웃으며 손을 빼려는데, 언니가 배 위에 올린 내 손을 더 꽉 잡아 눌렀다.

손 아래 느껴지는 배는 생각보다 단단했다. 임신한 배는 이렇구나. 볼록하게 나온 언니 배를 감상하고 있을 때였다.

순간 손 밑으로 꼬물거리는 무언가가 느껴졌다. 그러더니 마치 정말 언니 말이 맞다는 듯, 그 꼬물거리는 무언가가 내 손을 톡하고 두드렸다. 처음 느껴 보는 감각에 놀라 언니를 쳐다보니 언니가 웃음기를 머금고 말했다.

"역시 내 딸이 타이밍을 안다니까."

쿠키를 좋아하는 착착이는 아무래도 뭔가 좀 아는 효녀인가 보다.

5

 요란한 깃발이 스키장 하늘을 가득 채웠다. 기업 로고와 신제품 이름이 새겨져 있는 깃발이라는데 나한테는 그냥 알록달록한 색종이 뭉치처럼 보였다. 행사장은 오전부터 사람들로 붐볐는데, 우리 시범 경기 후에 연예인 사인회도 있다더니 이만하면 사람들의 관심을 끄는 데는 성공한 듯했다.
 스키장 한쪽에 마련된 대기실에 강예리랑 거리를 두고 앉았다. 여전히 강예리와는 경기에 필요한 말 외에는 나누지 않았다. 어색한 나와 강예리 앞으로 정장을 멋지게 차려입은 사람들이 그룹을 지어 몇 차례 파도처럼 왔다가 갔다. 그때마다 나랑 강예리는 일어나 어색하게 인사하고, 간단한 질문에 대답하고, 거의 비슷한 덕담을 듣고, 함께 사진을 찍었다.
 좀처럼 굳은 얼굴이 퍼지지 않아 사진이 죄다 이상하게 나올까 걱정이 돼, 옆을 힐끔 보니 강예리 표정도 나랑 별반 다르지 않아 보였다. 재도 참 표정 관리 못 해. 다행이다. 적어도 강예리보다는 안 이상하게 나오겠다.

"어휴, 지겨워. 이제 이런 거 그만하고 스키나 타면 안 되나?"

끝나지 않는 겉치레 행사의 지루함을 달래기 위해 앞에 놓인 마카롱을 하나 집어 들었을 때였다. 지루한 대기실과 어울리지 않는 요란한 소리를 내며 한 무리가 대기실로 들어왔다.

이번에는 조금 요란한 그룹인가 보네. 먹던 마카롱을 대충 내려놓고 사진 찍을 준비를 하는데,

"예리야아, 너무 보고 싶었어!"

등장만큼이나 요란한 인사 소리가 들렸다. 강예리 친구들인가?

인사 후에도 무리는 시종일관 시끄러운 목소리를 유지하며 일방적으로 떠들어 댔다. 강예리는 한마디도 하지 않았는데, 강예리가 어떻게 반응하든 애초에 관심도 없는 모양이었다. 저럴 거면 그냥 자기들끼리 이야기하지, 굳이 여기까지 왜 인사하러 온 걸까? 게다가 목소리는 또 어찌나 큰지, 오가는 이야기가 듣고 싶지 않아도 다 들렸다.

"우리 여기 훈련하러 왔다가 선배 시범 경기 있는 거 보고, 진짜 깜짝 놀랐다니까요."

"나가서 연락도 한번 안 하고…… 다은이가 얼마나 서운해한 줄 알아?"

"맨날 너 방출된 거 자기 때문이라고 얼마나 자책을 하던지. 애가 네 기록 깨고도 맘 편히 웃지를 못했어."

대충 여기까지만 들어도 알겠다. 강예리한테 전혀 반갑지 않은 만남이라는 거.

"그 얘긴 뭐 하러 해요. 그래도 진짜 잘됐어요, 선배. 선배 그렇게 방출되고 다시는 스키 못 타는 줄 알고 진짜 걱정했어요. 이제 선수 생활 다시 하는 거죠?"

"다은아, 선수 아니고 가이드. 예리는 선수 도와주는 거야."

"아…… 죄송해요, 선배. 몰랐어요. 어떡해. 전 선배가 다시 스키 타니까…… 그래서 다시 선수 하는 줄 알고……. 죄송해요, 정말."

거짓말. 알았으면서. 얄팍한 포장지에 쌓인 본심이 너무 쉽게 보였다. 정말 죄송하다는 듯 살짝 떨리는 목소리까지 들으니 저 다은이라는 애는 스키 선수가 아니라 연기자를 해야 할 것 같다.

"에이, 다은아, 선수 아니면 어때. 스키 타는 건 다 똑같은데."

"그……죠? 스키 타는 게 중요하죠. 저 진짜 예리 선배 다시 스키 타는 모습 볼 생각하니까 떨려요. 경기 잘해요. 저희가 지켜볼게요. 파이팅!"

놀고들 있다 진짜. 딱 봐도 잘나가던 강예리가 여기서 가이드 러너나 하고 있다니까 잔뜩 비웃어 주러 온 거면서. 그 무리는 그러고도 한참을 더 떠들다가 대기실을 빠져 나갔다.

저런 부류들은 뻔하다. 남의 불행을 동력 삼아 자기 위안을 얻는 세상에서 제일 한심하고 별 볼 일 없는 인간들. 내가 열받는 건 강예리가 그런 인간들이 멋대로 떠들도록 그냥 내버려뒀다는 거다. 나는 못 잡아먹어 안달이면서 왜 저 애들한테는 한마디도 못 한대? 나라면 머리채라도 잡았을 텐데. 괜히 열받아서 아까 먹다 남긴 마카롱을 신경질적으로 씹었다. 와그작 소리에 강예리가 이쪽으로 고개를 돌렸다. 순간 강예리랑 눈이 마주친 것 같아 얼른 시선을 돌렸다. 잘못한 건 아까 걔들인데 이상하게 내가 눈치가 보였다.

그러곤 마치 아무것도 듣지 못했다는 듯 태연하게 마카롱 하나를 더 집었다. 왠지 지금은 그래야 할 것 같았다. 강예리 시선이 잠시 머무는 것 같았지만 끝까지 마카롱 먹는 데만 집중했다.

시범 경기는 그러고도 한 시간이나 더 있다가 시작됐다.

"준비 다 됐지? 빨리 타고 집에 가서 쉬자. 이런 거 두 번은 못 하겠다."

나랑 강예리 못지않게 여기저기 끌려다니며 주최 측에 시달린 코치님 얼굴이 핼쑥했다. 코치님은 빠르게 헤드셋이랑 스키를 점검하고, 미리 답사한 코스를 몇 번이고 다시 설명했다.

"시범 경기니까 속도 너무 신경 쓰지 말고 편안하게 타. 둘이 같이 안전하게 내려오기만 하면 돼. 예리는 간격 잘 보고, 우희는 예리 말 잘 듣고."

"네."

"넵."

"사람들 많다고 흥분하지 말고. 뭐 보여 줄 생각도 말고! 그냥 하던 대로만 해, 하던 대로!"

나와 강예리가 동시에 고개를 끄덕였다.

출발은 순조로웠다. 스타트도 깔끔했고 앞서가는 강예리와 간격도 좋았다. 행사장에 모인 사람들은 나와 강예리가 호흡을 맞춰 그림처럼 활강하는 모습을 보며 환호했다. 경기가 진행될수록 사람들이 우리 스키에 집중하는 게 느껴졌다. 행사 내내 질리도록 들었을 나와 강예리 사연에 감정이 이입된 사람들도 있었는지 여기저기 훌쩍이는 소리도 들리는 것 같았다. 이제 이대로 욕심내지 않고 완주해 감동의 드라마를 완성하기만 하면 됐다. 그런데 그때 하필이면 그 목소리가 들렸다.

"예리 선배, 파이팅!"

유난히 시끄럽고 요란스러워서 귀에 거슬렸던 그 목소리. 그러니까 걔네가 지금 관중석에서 나를, 아니 강예리를 지켜보고 있다는 거지?

정의감이나 의협심 같은 건 아니었다. 그냥 걔네들한테 강예리 실력을 제대로 알려 주고 싶었다. 내 가이드 러너가 되려면 적어도 강예리 실력 정도는 되어야 한다는 걸, 너네는 죽었다 깨어나도 내 가이드 러너가 될 수 없다는 걸 알려 주고 싶었다. 그래서 욕심을 부렸다.

"고!"

헤드셋을 통해 예리에게 속도를 높이자는 사인을 보냈다.

"안 돼! 지금 속도 유지해."

헤드셋으로 예리가 만류하는 소리가 들렸지만 무시하고 멋대로 속도를 올렸다.

"백! 속도 낮춰."

고집스러운 사인이 다시 떨어졌다. 하여튼 강예리 진짜, 고지식하긴.

"야, 강예리. 걔네가 보고 있는 거 알지? 넌 어떤지 모르겠는데 난 내 가이드 러너가 그딴 소리나 듣고 있는 거 싫거든. 그러니까 토 달지 말고 속도 올려!"

답이 없다. 없으면 긍정이지.

"간다, 고!"

호기롭게 사인을 외치고 있는 힘껏 속도를 끌어올렸다. 속도를 죽이지 않고 턴을 한 채, 다음 기문으로 돌진하는데 강예리가 보였다. 그리고 빠르게 줄어들고 있는 나와 강예리 사이의 간격도.

"어?"

이런 미친…… 강예리 너 속도 안 올렸어?

부딪칠 듯 가까워지는 나와 강예리의 거리감에 무언가 잘못됐음을 깨달은 사람들이 술렁이기 시작했다. 위험을 감지한 몸이 먼저 반응했다. 요동치는 심장 박동을 느끼며 재빨리 속도를 줄여 보려고 했지만, 이미 가속도가 붙은 스키는 거침없이 눈 위를 미끄러지며 돌진했다. 속도를 줄이기에는 거리가 턱없이 부족했다.

망했다. 꼼짝없이 이대로 강예리와 충돌하겠구나 싶은 순간 어디선가 비명이 터졌다. 그리고 그게 신호라도 된 듯, 나와 강예리가 동시에 에지를 강하게 걸어 방향을 틀었다.

나는 왼쪽, 강예리는 오른쪽.

이럴 때라도 호흡이 맞아 충돌을 피했으니 다행이라고 해야 하나.

그렇게 나와 강예리는 완벽한 호흡을 자랑하며 스키장 양쪽 끝으로 각각 날아가 처박혔다. 세상에서 가장 볼품없는 꼴로.

순간 얼어붙었던 경기장은, 천천히 몸을 일으킨 우리가 민망한 얼굴로 눈을 털자 그제야 다시 소란스러워졌다. 다행히 큰 사고가 아니었다는 것을 확인한 사람들에게서 안타까운 탄식과 비웃음이 동시에 터져 나왔다. 결국 시범 경기는 감동은커녕 우스운 꼴만 보이고 마무리됐다.

어우, 강예리 저 고집불통.

◇◇◇

한순간에 찬물을 끼얹은 듯 얼어붙었던 행사장 분위기가 떠올라 얼굴이 다시 화끈거렸다. 애써 생각을 지우려고 일찍 잠자리에 들었는데도 지금 벌써 같은 장면만 머릿속에서 백 번째 재생 중이었다.

"으으, 쪽팔려."

절로 앓는 소리가 났다. 열이 올라 도저히 그대로 누워 있을 수가 없어 이불을 걷고 일어났다. 어차피 이대로는 잠이 올 것 같지도 않아 훈련장으로 향했다. 오늘은 몸이라도 고되게 움직여야 겨우 잠들 수 있을 것 같다.

누가 있나? 늦은 시간에도 불이 켜진 훈련장 문을 열고 들어가자, 안에서 뿜어져 나오는 열기가 훅 느껴졌다.

강예리?

언제 왔는지 강예리가 러닝머신 위에서 몸을 혹사하고 있었다. 이 시간에 왜 여기서 저러고 있는지는 이유를 묻지 않아도 알 것 같았다. 하긴, 오늘 같은 날 잠이 오는 게 이상하지.

나도 머신 위로 올라가 기계를 작동시켰다. 텅 빈 훈련장에 들리는 건 기계 돌아가는 소리와 나와 강예리의 숨소리뿐이었다. 강예리도 나도 약속이라도 한 듯 아무 말도 하지 않았다. 그저 각자의 속도와 호흡에만 집중했다.

한 스텝, 또 한 스텝 묘하게 어긋나던 리듬이 어느 순간 마치 한 사람의 발소리처럼 맞춰졌다. 애써 노력하지 않아도 구태여 맞추려고 애쓰지 않아도 강예리와 내가 같은 속도와 호흡으로 달리고 있다는 걸 자각하자 신기하게도 묘한 안도감이 들었다.

사과도 해명도 없었지만 비로소 오늘 하루의 소란이 잦아드는 것 같았다. 그리고 적어도 지금 이 순간만큼은 나도 강예리도 같은 마음이라는 생각이 들었다.

그렇게 얼마나 더 시간이 흘렀을까. 먼저 속도가 흐트러진 쪽은 나였다. 더 이상 달리는 건 무리라는 생각이 들자마자 정직한 몸은 다리부터 맥없이 풀렸다. 풀린 다리로는 의자로 갈 힘도 없어 머신에서 내려오자마자 그대로 바닥에 드러누웠다. 바닥의 차가운 기운이 그대로 전해졌지만 지금은 오히려 그게 반가웠다. 뒤이어 혼자 돌아가던 머신 소리마저 완전히 멈추고, 훈련장에 완벽한 고요가 찾아들었다. 강예리도 드디어 달리기를 멈춘 모양이다.

눈을 감고 숨을 고르는데, 툭, 얼굴 위로 수건 하나가 떨어졌다. 나보다 먼저 시작했으면서 쟤는 수건 던져 줄 힘이 아직 남아 있나 보다. 역시 지독한 강예리.

"야, 강예리. 너 아까 왜 속도 안 올렸어?"

"말했잖아, 안 된다고. 사인 무시한 건 너야."

"그래, 잘났다. 그래서 망신당하니까 좋아? 너만 속도 올렸으면 걔네들 코 납작하게 해 줄 수 있었어. 나한텐 뭐라고 잘만 하면서 왜 걔네들한텐 한마디도 못 해?"

강예리 얼굴이 굳는 게 느껴졌다.

"뭐, 그럼 그렇게 크게 얘기하는데 안 들려?"

"눈이 패어 있었어. 잘못 속도 올렸다가 넘어질 수도 있었다고."

"눈 패인 게 뭐. 시합 때 그러는 거 한두 번도 아니고. 너 너무 몸 사리는 거 아냐? 아님 나 눈 이렇게 됐다고 내 실력을 못 믿는 건가?"

"코스 판단은 내가 해. 정 그렇게 내 판단 못 믿겠으면 지금이라도 다른 가이드 러너 구하고."

그래, 이 말이 왜 안 나오나 했다. 강예리도 뻔하네.

"왜 애들 앞에서 가이드 러너 하니까 쪽팔리디? 무시당하니까 기분 나빠서 더는 못 하겠어? 비겁하게 내 핑계 대지 마."

화난 얼굴로 나를 보던 강예리가 나랑 시선을 맞췄다. 그러고는 내 눈을 피하지 않고 말했다.

"무시는 걔네가 아니라 남우희 네가 하는 거지."

"뭐?"

"너 나 안 믿잖아. 선수도 못 믿는 가이드 러너를 누가 인정해."

강예리는 꼭 이렇게 할 말이 없게 만든다. 그래, 못 믿은 거 맞다. 그런데 솔직히 그건 강예리가 먼저······.

"알아. 내가 못 미더운 가이드 러너라는 거."

어라?

"나 정말 모르더라. 네가 얼마나 보이는지, 어디까지 보이는지."

뭐야. 그 말 계속 신경 쓰고 있었던 거야?

"오른쪽이었어."

"뭐?"

"눈 패인 거. 너 그쪽이 더 시력 안 좋잖아."

생각지도 못한 말이 강예리 입에서 흘러나왔다.

"너 고개 자주 왼쪽으로 돌려. 누가 오른쪽에서 부르면 늦게 대답하고, 회전할 때도 오른쪽은 좀 조심스럽고."

"그걸 보고 있었어?"

"신경 쓰니까 보이더라."

학교에서 날 좇는 시선이 사라져서, 그래서 강예리가 나한테 정말 신경을 끈 줄 알았다. 강예리는 나랑 진짜 팀이 될 생각은 없다고, 그냥 형식적으로만 훈련에 임하는 거라고 생각했다. 그런데 이렇게 몰래 숨어서 나를 지켜보고 있는 줄은 몰랐다. 고작 그 질문에 답을 찾겠다고.

"내가 오늘 제일 열받았던 게 뭔 줄 알아? 걔네한테 무시당해도 할 말 없을 정도로 내 가이드가 형편없었다는 거야."

몰랐다, 강예리가 그런 생각하고 있는 줄은.

"내가 형편없는 가이드 러너라는 거 알아."

강예리는 뻔하지도,

"그래도 한 번만 더 기회를 줘."

비겁하지도 않았다.

"네가 얼마나 보이는지, 스키는 어떻게 타는지 궁금해."

고민 끝에 답을 찾은 듯 강예리 목소리는 흔들림이 없었다.

"네가 날 믿게 하려면 어떻게 하면 되는지 알려 줘. 나 제대로 된 가이드 러너가 되고 싶어."

미영 언니 말이 맞았다. 우리 팀의 문제는 강예리가 아니라 나였다. 강예리가 제대로 된 가이드 러너가 되려고 애쓰는 동안 나는 괜한 자격지심에 색안경을 끼고 강예리를 평가만 하고 있었다.

"금메달."

"어?"

다짜고짜 금메달을 외치자 강예리가 황당하다는 듯 되물었다.

"패럴림픽 금메달 딸 수 있겠냐고! 그 정도는 돼야 애들 코가 납작해지지."

그제야 이해했다는 듯 강예리가 피식 웃는 소리가 들렸다.

"웃지만 말고. 자신 있냐고."

"넌? 너는 자신 있어?"

"대한민국 최초 패럴림픽 알파인 스키 금메달. 그거 내가 할 거야."

"그럼 나도 해."

강예리 대답이 마음에 들었다. 그래서 이번에는 내가 먼저 손을 내밀었다.

강예리도 망설임 없이 내 손을 잡았다.

6

"남우희 뭐야, 솔직하게 말해. 예리랑 둘이 무슨 일 있었어?"
"일은 무슨. 아무 일 없었어요."
"이상하다. 근데 왜 갑자기 호흡이 좋아졌지?"
코치님은 도통 이유를 모르겠다는 듯 고개를 갸웃거렸다.
"좋아져도 문제예요? 언젠 친해지라고 강제 전학까지 보내 놓고."
"그러니까 수상하지. 어떻게 해도 안 친해지던 놈들이 갑자기 왜 이러는데? 나 모르게 둘이 제대로 한판 붙었어? 서열 정리 끝낸 거야?"
"아, 진짜! 훈련에 방해되니까 좀 비켜 주실래요? 아니 무슨 코치님이 이래. 호흡이 좋아졌으면 칭찬을 해 줘야지. 호흡이 좋아져도 구박을 해."
"너희가 엔간했어야지! 시범 경기 말아먹고 이제 진짜 끝이구나 했더니. 뭐야? 갑자기 왜 강예리에서 예리가 된 거야?"

"그게 무슨 말이에요?"

"너 예리한테 정 없게 꼬박꼬박 성 붙여 부르더니 요즘은 그냥 예리라고 부르잖아."

내가 그랬나.

"아, 비결이 뭔데? 응?"

비결? 하루 종일 코치님한테 시달렸는데도, 글쎄 나도 잘 모르겠다. 그날 이후 나랑 예리 사이가 갑자기 좋아진다거나 안 맞던 취향이 갑자기 맞아진다든가 하는 드라마틱한 일은 일어나지 않았다. 그래도 달라진 게 있다면 괜한 자존심 세우고 말씨름하는 데 시간을 낭비하는 대신 서로에게 솔직해지기로 했다는 것 정도?

그래, 그게 비결이라면 비결이겠다. 모르면 모른다고 도움이 필요하면 필요하다고 솔직하게 이야기하기 시작한 것. 그러자 신기하게 별다른 노력 없이도 합이 맞아 들어가기 시작했다. 솔직해지기. 그 단순하지만 뻔한 진리를 따르니 그제야 서로가 보였다.

며칠 전에는 예리가 자기도 스키 탈 때 내 시야를 체험해 보고 싶다길래, 안대를 씌워 놀이터 미끄럼틀 위에 세웠다. 왼쪽 안대에 송곳으로 구멍도 몇 개 뚫어 완전히 빛이 차단되지 않도록 하는 것도 잊지 않았다. 그 정도면 대충 느낌은 알 수 있을 것 같아 그대로 스키를 타는 것처럼 내려가 보라고 했더니, 예리는 얼마나 겁이 많은지 한 발짝도 못 떼고 미끄럼틀 위에서 30분을 버텼다. 보다 못해 뒤에서 슬쩍 밀었더니 어찌나 소리를 지르는지, 그 꼴이 우스워서 한참이나 깔깔거리며 웃었다. 결국 그날 예리는 한 발짝도 못 떼 보고 미끄럼틀에서 내려왔다. 예리가 그렇게 겁이 많을 줄이야.

"너 진짜 대단하다. 나라면 다시 스키 못 탔을 거 같아."

헤어지는 길에 그런 낯간지러운 소리를 잘도 해 댄 걸 보면 예리도 그날은 꽤 무서웠던 모양이다. 미끄럼틀 위에서 벌벌 떨던 걸로 두고두고 놀릴 생각이었는데, 칭찬을 들으니 기분이 썩 나쁘지 않았다. 진짜 내가 예리 말대로 대단한 사람이라도 된 것 같아서 그날 일은 놀리지 않고 그냥 묻어 두기로 했다.

한참 멍하니 그날 일을 떠올리고 있었더니 강예리가 옆구리를 쿡 찔렀다.

"야, 너 지금 영상 안 보고 또 딴생각하지."

"아니거든."

"뭐가 아니야. 집중했으면 잘 안 보인다고 벌써 한 소리 했을 거면서. 경기 영상 분석할 땐 집중 좀 하자."

어우, 강예리. 절대 그냥 넘어가는 법이 없지. 이게 다 오늘 훈련때 비결이니 뭐니 이상한 질문을 한 코치님 때문이다.

예리가 가이드 러너를 하기로 한 순간부터 패럴림픽 대회 영상을 하루도 빠짐없이 찾아보고 분석했다는 걸 얼마 전에야 알았다. 전지훈련 때도 저녁마다 매일 방에만 틀어박히길래 대체 혼자서 뭘 하니 싶었는데 그것도 다 영상 분석 때문이었다고 했다. 다른 가이드 러너들의 경기를 반복해서 보다 보면 문제점을 고칠 수 있을 것 같았다고, 그렇게라도 가이드 러너의 폼을 빨리 익히고 싶었다고. 그러고 보니, 어느 순간부터 코치님도 예리의 자세를 지적하지 않았다. 선수 시절의 자세를 바꾸지 못해 자꾸 무게 중심이 무너졌었는데 어느 날부터 완벽하게 자세를 바꿔서 전혀 눈치채지 못했다. 예리가 자세를 바꾸기 위해 얼마나 스스로를 몰아붙였을지 안 봐도 뻔했다. 마음처럼 따라주지 않는 몸이 제일 답답했던 건 예리 본인이었을 테니까.

몰랐는데 예리는 좀 미련한 구석이 있다. 혼자 방에서 끙끙거리면 누가 알아준다고. 나 같으면 훈련 끝나고 매일 밤 혼자 경기 영상 분석한다고, 자세도 이렇게 빨리 교정했다고 동네방네 다 소문냈을 텐데……. 얼음 공주의 도도한 가면 뒤에 이런 성실하다 못해 미련하기까지 한 지독한 연습벌레가 숨겨져 있을 줄이야.

덕분에 나도 이렇게 연습이 끝나면 쉬지도 못하고 예리랑 같이 영상 분석 중이다. 어느새 훈련이 끝나면 예리랑 우리 집으로 와서 같이 경기 영상을 분석하는 게 루틴이 돼 버렸다. 아니 모르면 몰랐지 알았는데 어떻게 예리 혼자 분석하게 두냐고. 우리는 이제 한 팀인데. 그…… 그러니까 비즈니스적으로 말이다. 비즈니스적으로 한 팀인데 협소해야시.

"여기 이 선수랑 너랑 크라우칭* 자세 비교한 것 좀 봐 봐. 잠깐만."

예리가 영상의 한 장면을 핸드폰으로 캡처해 내밀었다. 작아서 잘 안 보이는 부분은 이렇게 핸드폰으로 사진을 찍거나 캡처하면 확대해서 볼 수 있어 편하다고 알려 줬더니, 예리가 영상 분석할 때마다 아주 알차게 사용 중이다. 이럴 줄 알았으면 안 가르쳐 주는 건데, 이제 예리 앞에서는 작아서 안 보인다는 핑계도 통하지 않는다.

"넌 지금 상체 들린 거 보이지? 시야 확보할 때도 이 선수처럼 이렇게 등을 평행하게 만들어야 최대한 바람 저항을 줄일 수 있어. 다른 영상도 보면……."

예리가 새로운 영상을 또 찾아서 틀려고 하길래 얼른 노트북을 덮어 버렸다.

"야, 아직 다 안 봤어."

"어, 이제 그만 봐도 돼. 지금보다 등 더 숙이라는 거잖아. 이해했다고. 차차 노력할게. 고쳐질진 모르겠지만."

"그거 원래 네가 하던 자세야."

"어?"

"너 사고 나기 전에는 그렇게 탔어. 네 자세는 스피드 내기에 최적이었거든. 그것도 모르고 어떻게 탔어?"

"그냥…… 필대로? 본능적으로 제일 빨리 나가는 자세를 찾았나

• 스키의 속도를 높이기 위한 기술 중 하나. 활강 속도를 빠르게 하기 위해 몸을 움츠린다.

봐. 근데 진짜 내가 이랬다고?"

"어. 네 영상 아마 내가 너보다 더 많이 봤을걸. 나 너 이기고 싶어서 엄청나게 분석했거든."

예리가 나를?

처음 듣는 얘기였다. 물론 전혀 몰랐다고 하면 그건 거짓말이다. 어느 순간 나와 거리를 두는 예리를 보며, 어쩌면 그럴지도 모른다고 어렴풋이 짐작은 하고 있었으니까. 그래도 이렇게 직접 들으니 기분이 조금 묘했다.

예리가 내 자세를 나보다 더 정확하게 기억할 정도로 나를 의식했었다는 게 놀랍기만 한데, 그런 우리가 지금 이렇게 다시 가이드 러너와 선수로 만나 함께 스키를 타고 있다니!

"아마 사고 난 기억 때문에 네가 무의식적으로 겁을 먹는 거 같아. 그래서 자세가 자꾸 높아지는 거 같고. 사고 전이랑 영상 비교해 보면 확실히 보여. 볼래?"

예리가 조심스럽게 물었다.

"아니, 안 봐도 돼. 네 말이 맞겠지."

아무렇지 않은 척 말했지만, 사실은 사고 이후 내 경기 영상을 제대로 본 적은 한 번도 없었다. 아직은 자신이 없었다.

예리도 그걸 눈치챘는지 더 묻지 않았다.

"어, 내 말이 맞아. 그러니깐 연습하면 돼. 내일부터 시도해 보자."

뭐야 괜히 코끝이 시큰해지려는데.

"그래서 다음 영상은……."

감동에 허우적대는 사이 예리가 치사하게 노트북을 다시 열려고 하고 있었다. 이것만큼은 절대 막아야 한다. 예리보다 한발 빠르게 움직여 노트북을 사수했다.

"어, 오늘은 분석 끝났어. 이제 그만 집에 가."

"야, 반도 안 봤어. 엄살 부리지 마."

"바안? 반 같은 소리하네. 너 지금 몇 신 줄 알아?"

예리는 해도 진짜 너무하다. 어떻게 된 애가 하루 종일 스키, 스키, 스키 얘기뿐이다. 이렇게 지독해야 완벽주의 얼음 공주가 될 수 있나 본데, 난 완벽주의 얼음 공주가 될 생각은 전혀 없다. 대신 얼음 공주 다루는 법은 아주 잘 안다.

버티는 예리 몰래 슬쩍 핸드폰 통화 버튼을 눌렀다.

똑똑.

기다렸다는 듯 엄마가 방문을 열고 들어왔다. 역시 우리 엄마 타이밍 하나는 끝내준다니까.

"예리야, 아직 멀었어? 아줌마 졸린데. 하암."

하품까지 해 주는 엄마의 센스에 예리도 결국 백기를 들었다.

고분고분 짐을 싸기 시작하는 걸 보니 오늘도 작전 성공이다. 아니, 얼음 공주가 어른에는 약하더라고.

"너무 늦었죠. 죄송해요. 매번 안 데려다주셔도 괜찮은데."

"무슨 소리야. 우리 우회 때문에 예리가 고생하는데. 시동 걸고 있을 테니깐 짐 챙겨서 내려와."

임무를 마친 엄마가 퇴장하면 이제 마무리는 내 몫이다.

"너지? 또 네가 아줌마한테 에스오에스……."

"그럼 잘 가고 우린 내일 보자."

예리를 쫓아내듯 방 밖으로 밀어내고 재빠르게 방문을 잠갔다. 예리가 계단을 내려가는 소리가 들린 뒤에야, 침대에 벌렁 대자로 누웠다.

아, 이거지. 이게 천국이지. 멍하니 천장을 보고 누워 있는데 조금 전까지 봤던 스키 영상이 머릿속에서 자동 재생됐다. 예리가 말하던 크라우칭 자세가 떠올라서 나도 모르게 몸을 움직여 따라 해 봤다.

"내 자세가 이랬다고? 나, 꽤 괜찮은 선수였을지도."

예리 말에 한껏 어깨가 위로 치솟았다. 어차피 했던 자세인데 못 할 것도 없지 뭐. 다음 연습부터는 제대로 된 자세를 해내고 싶은 마음이 드는 걸 보니, 아무래도 나도 예리한테 스키병이 옮았나 보다.

띵.

기다렸다는 듯 메시지 알람음이 울렸다.

예상대로 예리였다.

> 이거 아까 못 본 영상.

그새를 못 참고 기어이 영상을 보내는 것 좀 봐. 적당히 좀 하라고 잔뜩 투정을 부리려는데 연달아 메시지가 도착했다.

> 그리고 이건 내일 봐야 할 경기 영상들.

> 뭘 벌써 보내. 그냥 내일 같이 보면 되지.

> 내일은 같이 못 봐.

> 왜?

> 급한 일이 좀 있어. 혼자서라도 꼭 봐래 봤는지 확인한다!

> 응. 잘자.

급하게 대화를 마무리 지었다. 어휴, 어떻게 메시지에서도 잔소리가 들려. 근데 이거 지금 내일은 같이 영상 안 봐도 된다는 거지? 대박. 강예리 급한 일 덕분에 내일은 오래간만에 나도 좀 쉴 수 있겠다. 그 급한 일이라는 거 자주 좀 생기면 안 되나?

그런 실없는 생각을 하다 보니 어느새 눈꺼풀이 스르르 내려앉았다. 오늘은 오랜만에 기분 좋은 꿈을 꿀 수 있을 것 같다.

◇◇◇

 분명 그렇게 생각했던 게 얼마 전인 거 같은데, 예리는 오늘도 또 급한 일이 있다는 핑계를 대고 종례가 끝나기 무섭게 제일 먼저 교실을 빠져나갔다. 영상을 같이 못 본다고 문자가 왔던 그날부터였다. 예리한테 부쩍 급한 일이 많이 생긴 건. 그러더니 영상을 같이 보지 않는 날도, 혼자 훈련장에 가는 날도 점점 늘었다. 처음 몇 번은 그러려니 하고 넘겼는데 계속 반복되니 슬슬 나도 궁금해지기 시작했다. 강예리의 그 급한 일이 그러니까 대체 뭐냐고.

 몇 번 티 안 나게 슬쩍 물어봤는데 그럴 때마다 예리는 어물쩍 말을 돌리며 답을 피했다. 분명 무슨 일이 있는 것 같긴 한데, 연습에 지장을 주는 것도 아니고, 일부러 대답을 피하는데 계속 물어보는 것도 예의가 아닌 것 같아서 꾹 참고 있었다. 그런데 오늘까지 이러니 진짜 궁금해 미치기 일보 직전이다. 이따 훈련장에서 만나면 한 번 더 물어볼까?

 대충 자리를 정리하고 일어서는데 지영이가 팔짱을 껴 왔다.

 "남우, 오늘 혼자 가는 거지?

 "응. 예리는 일 있대. 훈련장에서 만나기로 했어."

 "잘됐다. 그럼 나랑 같이 어디 좀 들렀다 가사."

 "편의점?"

 "잉. 내가 맛있는 거 사 줄게. 남우 먹고 싶은 기 디 골리."

지영이는 학원에 가기 전, 친구들을 번갈아 가며 데리고 매일 개재수없어가 일하는 편의점에 들렀다. 오늘은 내 차례인가 보다.

"근데 전학생 요새 바쁜가 봐. 남우, 요즘 자주 혼자 가네."

같이 편의점으로 가는 길에 지영이가 물었다.

"네가 생각해도 그렇지?"

"응. 전학생 무슨 일 있어?"

"내가 예리한테 묻고 싶은 말이다."

"그럼 물어봐. 안 물어봤어?"

"일부러 말 안 하는 걸 수도 있잖아."

"그럼 묻지 마."

"궁금하단 말이야."

"그럼 묻든가."

"야."

"미안……. 나 지금 너무 떨려서…… 대화에 집중이 안 돼."

어쩐지 대답이 점점 성의 없어진다고 했더니 편의점이 코앞이다. 매일 보러 오는데도 매일 저렇게 떨릴까. 그런 지영이가 귀엽기도 하고 안쓰럽기도 하고. 이쯤 되니 대체 그 개재수없어 오빠가 얼마나 멋진 사람인지 나도 궁금하다. 편의점 앞까지 씩씩하게 와 놓고 정작 그 앞에서는 들어가지도 못하고 주저하는 지영이를 끌고 편의점 문을 힘껏 열었다.

드디어 지영이의 개재수없어 오빠를 영접하나 싶었는데…….

"전학생?"

편의점에는 종례가 끝나기 무섭게 내뺐던 강예리가 있었다. 지영이의 오매불망 개재수없어 오빠가 아니라!

급한 일이 있다고 내뺀 이유가 고작 편의점에 들르는 거였다니.

"남우, 강예리 여기 있는데?"

"그러게. 급한 일 있다더니 여기 있네."

그래도 우리 사이가 이제 편의점쯤은 같이 갈 정도는 되는 줄 알았는데. 이게 뭐라고 이걸 숨기는지. 서운한 마음에 목소리가 삐죽하게 나왔다.

"어, 우희야……."

예리답지 않게 눈에 띄게 당황한 기색이 역력했다. 무언가를 급하게 숨긴 듯 뒤로 넘긴 손은 티 나게 어색했고.

"뭐야, 뭔데 숨겨? 뭐 하고 있었는데?"

나만 그렇게 느끼는 게 아니었는지 지영이가 물었다.

"수, 숨기긴. 아무것도 아냐."

하여튼 강예리, 거짓말에 재능 없다니까. 다 티가 난다는 걸 아는지 모르는지 예리는 필사적으로 거짓말을 하며 뒤에 숨긴 무언가를 감추기 바빴다. 그런데 그때, 예리가 숨긴 무언가에서 눈치 빠른 종이 하나가 예리 앞으로 쌀낭 떨어섰다. 예리는 새빠르게 종이를 향해 손을 뻗었지만, 지영이가 예리보다 한발 빨랐다.

나이스.

마침내 예리의 급한 일이 무엇인지 밝혀 줄 물건이 우리 손에 들어왔다. 조심스럽게 손에 들어온 종이를 뒤집은 지영이가 허탈한 목소리로 말했다.

"뭐야, 이거 포카잖아?"

응? 그러니까 예리가 필사적으로 숨기려고 했던 그 종이는 아이돌 멤버의 포토 카드였다.

7

 예리가 주문한 버거랑 콜라를 받아 올 동안 가게 안쪽에 자리 잡고 앉아 포토 카드를 구경했다. 내가 보기에는 다 비슷한 사진들 같은데 그중에서도 브이를 하고 있는 이 포토 카드가 예리의 최애 포카라고 했다.
 "뭐, 다 그게 그거네!"
 "야, 그런 말 할 거면 내놔!"
 어느새 음식을 받아온 예리가 포카를 뺏어 가더니, 소중한 보물이라도 되는 듯 정성스럽게 포토 카드에 비닐 커버를 씌어 작은 앨범에 넣었다. 포카북이라나 뭐라나.
 나 참 기가 막혀서. 내가 알던 강예리 맞아?
 "그러니까 급한 일이란 게 이거였다고, 포카 교환?"
 "어. 이번에 컴백했는데 얘 포카가 많이 안 나와서 다른 멤버 포카랑 교환을 여러 번……."

신나서 설명하던 예리가 황당한 내 눈빛을 느꼈는지 말을 멈추었다.

"미치겠다 진짜. 얼음 공주 강예리가 아이돌? 클래식도 아니고 아이돌?"

"아주 약점 잡았지. 다 놀렸으면 이제 그만하지."

"응. 아직 멀었어. 엄마랑 코치님한테도 말하고 동네방네 소문 다 낼 거야."

"야!"

예리답지 않게 발끈해서 소리 지르는 게 어이가 없기도 하고 귀엽기도 해서 웃음이 터졌다.

"크크, 농담. 말 안 해. 이제 그만 놀릴게. 진짜 그만. 크크……."

그만 멈춰야 하는데 웃음이 멈추지를 않았다.

"이제 그만 좀 웃지."

"미안. 근데 아이돌은 진짜 너랑 너무 안 어울리잖아."

"유치하단 거지, 지금?"

"어, 완전. 그래서 이제 네가 좀 인간 같아."

"뭐라는 거야, 진짜."

"난 네가 스키밖에 모르는 로봇인 줄 알았거든. 난 맨날 힘들다고 징징대는데, 넌 하루 종일 스키 말고는 아무것도 관심 없는 애처럼 굴잖아. 너 보면서 나만 너무 애 같고 유치한 거 같아서 자존심 상했단 말이야."

"자존심 상할 것도 많네."

예리가 그제야 마음이 놓인 듯 앞에 놓인 버거를 크게 한 입 먹었다.

"그래서 언제부터 좋아했는데?"

"누구? 우리 혁이?"

풉, 너무 놀라서 먹던 콜라를 뱉을 뻔했다.

"아무리 그래도 우리 혁이는 아니지 않냐? 와, 강예리 진짜 너 오늘 새로운 모습 많이 보여 준다. 너 옛날에도 아이돌 좋아했었나?"

"어. 나 대기실에서도 맨날 노래 들었잖아."

"대박, 그럼 너 그때 진짜 노래 들은 거야? 말 걸지 말라고 일부러 이어폰 끼고 있었던 게 아니라?"

"긴장 푸는 루틴이었어. 좋아하는 음악 듣는 거."

"근데 왜 말 안 했어?"

"아무도 안 물어보던데?"

허, 자긴 전혀 모르는 일이라는 듯 태연하게 어깨를 으쓱하는 게 얄미워서 예리가 막 들어 올린 감자튀김을 뺏어서 내 입에 넣었다.

예리랑 벌어진 뒤에도 늘 궁금했었다. 요란한 나와 달리 항상 조용하고 침착한 강예리. 어떤 순간에도 평정심을 유지하는 예리의 속을 도무지 알 길이 없어 답답했다. 난 우리가 밀어진 게 어진히 신경 쓰이는데 예리는 정말 아무렇지 않아 보여서 그 무심함에 서운하기도, 한편으로는 그런 거에 연연하지 않는 예리가 내심 부럽기도 했었다. 그래서 더 알고 싶었다. 이어폰에 가려진 강예리의 세상이. 저렇게 모든 소리를 차단하고 혼자 있으면 외롭지 않은지, 너도 평정심이 흐트러지는 순간이 있는지 묻고 싶었다. 그리고 정말 이대로 너는 괜찮은지, 아니면 너도 애써 참고 있는 건지……. 늘 담담해 보이는 얼굴 뒤에 숨은 진짜 강예리는 어떤 생각을 하는지 궁금했다. 그런데 정작 그때 예리는 이렇게 신나는 아이돌 댄스곡을 듣고 있었다니! 억울하다 못해 배신감까지 들었다. 그때 예리한테 이런 의외의 면이 숨겨져 있는 줄 알았다면 우리 사이가 조금은 달라졌을까?

"아니었을걸. 내가 너 미워했어."

생각지도 못한 예리의 솔직한 고백에 잠시 정적이 흘렀다. 얼마 전이었으면 심하게 상처받았겠지만, 이제는 나도 예리를 조금은 안다. 얘가 이런 말을 꺼냈다는 건 우리가 이런 말을 할 만큼은 편해졌다는 뜻이고, 지금은 – 적어도 지금은 – 날 미워하지 않는다는 뜻이라는 것도.

"야, 너는 무슨 미워했단 소리를 이렇게 대놓고 해."

"너도 알았잖아."

"그냥 짐작만 했지. 진짜 미워했을 줄은 몰랐거든."

"짐작했다며. 그럼 그게 그거 아닌가."

어휴, 강예리. 빈말이라도 아니었다고는 안 해 주는 거 봐. 생가해 보니깐 억울하네. 내가 자기한테 잘못한 것도 없는데 왜 날 미워했지? 내가 매번 자기 가져다줄 신상 젤리를 챙기느라 얼마나 애를 썼는데!

"근데 너 왜 나 미워했는데?"

"음…… 질투였던 거 같아."

예리가 잠시 말을 고르다 대답했다. 뜸을 들인 것 치고는 싱거운 대답에 맥이 탁 풀려 버렸다. 아니, 질투를 해도 내가 했지, 얼음 공주 강예리가 고작 나한테 질투라니.

"내가 너보다 기록이 좋아져서?"

"그렇게 단순한 건 아니고. 너한텐 다 쉬워 보여서."

"어?"

이건 생각지도 못한 이유였다.

"그냥, 넌 스키 타는 게 재밌어 보였어. 난 1등 못 할까 봐 늘 전전긍긍 엄청 긴장했는데 넌 매번 엄청 재밌어 했잖아. 시합 날에도 애들이랑 막 몰려다니면서 놀고."

"야, 그건. 그냥 스타일 차이지!"

"난 실수할까 봐 1등 못 할까 봐 늘 무서웠거든. 누구랑 웃으면서 얘기할 여유 같은 거 없었어. 넌 놀면서 타는 거 같은데 1등은 갈수록 네가 더 많이 하고. 그냥 너 좀 재수 없었어."

예리는 에두르지 않고 솔직하게 말을 이어 나갔다.

"……네가 실수하길 바란 적도 있어. 난 1등 해야만 스키를 계속 탈 수 있는데, 넌 안 그래도 괜찮아 보여서. 미안해, 멋대로 오해해서. 그땐 나만 스키에 진심인 줄 알았어. 너도 즐겁기만 한 건 아니었을 텐데."

예리 말은 반은 맞고 반은 틀렸다. 스키에 진심이 아닌 적은 없었지만, 즐겁지 않았던 적도 없었다. 나에게 스키는 언제나 즐거움이 먼저였다. 책임질 것도 짊어질 것도 없이 그냥 내가 좋아서 타는 거였으니까.

스키에 매료된 이후, 겨울이면 스키장으로 여름이면 스키장이 있는 추운 나라로 스키를 타러 가는 게 너무나 당연했다. 그래서 그게 누군가에게는 쉽게 허락되지 않은 삶일 수도 있다는 걸 생각하지 못했다. 다른 건 아무것도 신경 쓰지 않고 스키만 생각해도 되는 환경 자체가, 얼마나 큰 축복이었는지도 몰랐다. 그런 환경이었으니, 제대로 보이지 않게 된 상태에서도 스키를 다시 타겠다고 쉽게 결심할 수 있었다는 것도.

예리는 그런 나를 보면서 무슨 생각을 했을까.

"무거웠겠다, 너한텐 스키가."

예리는 어깨를 으쓱하며 웃어 보이고는 말없이 버거를 한 입 크게 베어 물었다.

그 모습이 어쩐지 쓸쓸해 보여서, 너는 스키가 못 견딜 만큼 무거워져서 그래서 선수를 그만둔 거냐고, 나랑 타는 스키는 이제 조금 가벼워졌냐고 묻고 싶었지만 묻지 못했다. 적어도 나랑 스키를 타는 동안만큼은 너한테 스키가 가벼워졌으면 좋겠다는 바람도 역시 전하지 못했다. 그 말을 꾹 누르며 콜라를 한 모금 마셨다. 기분 탓인지 콜라가 유독 쓰게 느껴졌다.

3 눈과 눈雪

1

 후드득.

 눈이 떨어지는 익숙한 소리에 눈을 떴다. 커튼을 활짝 열자 밤새 눈이 만들어 낸 풍경이 고스란히 느껴졌다. 정확히 보이지는 않아도 지금 창밖 풍경이 어떤 모습일지는 선명하게 그려졌다. 밤새 쌓인 눈의 무게를 이겨 내지 못한 나뭇잎들이 눈을 털어 내면, 아무도 없는 고요한 스키장에 눈꽃비가 내렸다. 눈이 하얀 꽃비가 되어 잘게 흩어지는 모습은 사고 전 해외 전지훈련을 오면 내가 제일 사랑하던 풍경이었다. 그때 찍어 둔 사진을 엽서로 만들어 방에 붙여 두기도 했었으니까. 아무래도 오늘이 전지훈련 마지막 날이라는 걸 하늘도 아는 모양이다.

 한 달 간의 빡센 전훈을 마무리하고 귀국하는 날이라 오늘만큼은 반드시 늦잠을 자겠다고 다짐했었다. 그런데 침대를 벗어난 몸은 자동으로 스키복을 찾아 입었다. 맞지. 이런 풍경을 두고 그냥 가는 건 눈에 대한 예의가 아니지. 예리를 깨울 생각으로 서둘러 방을 나서는데 이미 스키복으로 갈아입은 예리가 문 앞에 서 있었다. 반가우면서도 징하다는 생각이 들어 웃으며 예리에게 핀잔을 던졌다.

"너도 진짜 못 말린다. 스키 지겹지도 않냐. 경기 내내 지겹도록 본 눈이 뭐가 좋다고."

"자기는. 가자."

"응."

오랜만에 기문 없이 자유롭게 타는 스키에 예리도 나도 물 만난 물고기들처럼 신이 났다. 눈 만난 똥강아지들인가. 뭐 아무렴 어때. 아무도 없는 흰 설원을 기록에 대한 부담 없이 마음대로 누볐다. 시합 때는 잘 느끼지 못했던 풍경이 그제야 온전히 와 닿았다. 하얀 눈을 잔뜩 뒤집어쓴 스키장 주변을 빽빽하게 둘러싼 키 큰 나무들은 눈으로 된 솜이불을 덮은 듯 포근하게 느껴졌고, 끝없이 펼쳐진 슬로프는 마치 누가 슈거 파우더를 뿌려 놓은 듯 부드러웠다. 진짜 맛보면 꼭 달콤한 맛이 날 것 같은 보드라운 눈이었다.

예리도 나도 양 볼이 얼어 감각이 없어질 때가 되어서야 겨우 슬로프 밖으로 나왔다. 이렇게 아무 걱정 없이 스키를 즐긴 게 얼마 만인지. 예리도 제대로 즐긴 모양인지 자판기로 나를 잡아끄는 걸음에도 웃음기가 묻어 있었다.

"오늘이 마지막 날인 거 알고 선물을 주네."

예리가 자판기에서 뽑은 핫초코를 건넸다. 막 스키를 타고 들어와 언 몸을 녹이기에는 핫초코만 한 게 없다. 이건 둘 다 취향이 같아서 다행이다.

"진짜 미친 일정이었다. 한 달이 어떻게 갔는지도 모르겠어. 시즌 시작부터 이렇게 빡세게 하는 게 맞는 거야?"

"그래도 수확이 있었잖아."

예리가 주머니에서 메달을 꺼냈다. 금색 메달이 햇빛을 받아 반짝였다.

"뭐야, 촌스럽게. 계속 가지고 다닌 거야? 밤에도 품고 잔 거 아니지?"

"그냥. 실감이 안 나서."

"메달 처음 받아 보는 것도 아니면서."

"그러게, 금메달은 너무 오랜만이라 그런가."

메달을 만지작거리는 예리를 보다가 슬쩍 스키복 지퍼를 내렸다. 내 목에도 걸린 메달이 반짝하고 빛을 내자 예리가 못 말린다는 듯 피식 웃었다.

다시 스키를 시작하고 처음으로 딴 메달이었다. 그것도 국제 대회 금메달! 목에 걸린 메달을 손에 쥐었다. 손끝을 타고 짜릿한 전율이 퍼져 나갔다.

다시 생각해도 그날의 스킹은 완벽했다. 특히 마지막 기문을 통과하고, 남은 힘을 모두 쥐어짜내 피니시 라인에 골인하던 순간은 인생의 한 장면으로 꼽아도 손색이 없을 만큼 짜릿했다. 숨이 턱 끝까지 차올라 숨 쉬기도 버거웠지만 하나도 힘들다는 기분이 들지 않았다. 전광판을 확인하기도 전에 본능적으로 알았다. 우리가 제일 빨랐다는 걸.

밤새 결승전 영상을 돌려보고 또 돌려봤다. 영상만 봐도 나와 예리의 호흡이 완벽하다는 게 보였다. 마치 한 몸처럼 몸의 자세와 리듬이 똑같았다. 빡센 훈련의 결과가 고스란히 나타난 완벽한 경기였다. 처음 국제 대회 참가를 계획했을 때만 해도 메달을 기대한 사람은 한 명도 없었다.

이번 전훈의 목표는 최대한 많은 시합에 출전해 실전 경험을 쌓고 랭킹 포인트를 모으는 거였다. 지역을 계속 이동하며 여러 개의 대회를 연속으로 소화해야 하는 빡센 일정이라 좋은 성적을 기대할 만한 컨디션이 아니었다. 그마저도 망신당했던 시범 경기 덕에 얻어낸 귀한 전훈이었다. 그래서 목표도 순위권 진입이 아니라 기록 줄이기였다.

그런데 처음 참가한 대회부터 기록이 나쁘지 않았다. 그동안 노력한 성과가 드디어 나타나는 건가 싶더니 대회가 거듭될수록 기록이 점점 좋아졌다. 대회 하나를 끝낼 때마다 무서운 속도로 순위가 올라가더니 급기야 마지막에 참가한 세계 선수권 대회에서 딜컥 금메달을 목에 걸었다. 예상치 못한 메달에 모두가 흥분했다.

그날은 좀처럼 감성을 드러내는 법이 없던 예리도 들떠 쉽게 잠을 이루지 못했다. 늦게까지 떠들던 코치님과 스태프 선생님들이 다 방으로 흩어지고 나서도 예리와 거실에 남아 몇 시간이나 더 떠들어 댔다. 나만 수다쟁이인 줄 알았는데 예리도 만만치 않았다. 끝나지 않을 것 같은 수다는 패럴림픽 금메달 획득 기념 상상 기자 회견까지 진행하고 나서야 끝이 났다. 그러고도 흥분이 가라앉지 않아, 방으로 들어와서도 밤새 결승전 영상을 닳도록 돌려 보다 겨우 잠이 들었다.

다음 날 아침에는 일어나자마자 메달부터 확인했다. 혹시 이게 다 꿈일까 봐. 그게 불과 사흘 전이었으니, 실감이 안 날 만도 했다.

"들어가서 짐 챙기자. 이러다 마지막 날 한 소리 들을라."

"그래야지."

예리를 따라 자리에서 일어났다. 괜히 아쉬움에 한 번 더 스키장을 눈에 담았다. 잊지 못할 전지훈련이었다.

◇◇◇

한국행 비행기에 몸을 실었다. 아침부터 예리랑 슬로프 위에서 남은 체력을 모두 불태운 탓에 좌석에 앉자마자 곯아떨어졌다. 열 몇 시간 동안 한 번도 깨지 않고 깊이 잠들었다. 그만 일어나라는 코치님 목소리에 눈을 뜨니 벌써 한국이라 꼭 시간을 도둑맞은 기분이었다.

눌린 머리를 대충 모자로 가리고 퉁퉁 부은 눈으로 산더미처럼 쌓인 장비들을 끌고 출국장을 나서는데 꼴이 가관이었다. 옆을 보니 예리 몰골도 말이 아니라 모르는 사람인 척 슬쩍 떨어져 걷는데 누가 우리 이름을 불렀다. 놀랍게도 입국장에 기자들이 모여서 우리를 기다리고 있었다.

"한 팀이 되고 처음 딴 메달입니다. 아무도 예상 못한 깜짝 금메달인데 기분이 어때요?"

"라이벌에서 선수와 가이드 러너로 다시 만났는데 호흡은 어떻습니까?"

"사고 후에도 스키를 포기하지 않고 다시 탄 이유가 있나요?"

"처음 가이드 러너 제안을 받았을 때 어땠습니까?"

"호흡은 잘 맞아요? 합 맞추려고 학교도 전학 갔다던데."

질문들이 정신없이 쏟아졌다. 몰랐는데 예리와 내가 거둔 성과가 소소하게 화제가 된 모양이었다. 세계 선수권 대회 1위. 오랜만에 장애인 알파인 스키에서 나온 높은 기록이었다. 게다가 그 선수와 가이드 러너가 한때 라이벌이었던 스키 신동 출신들이었으니, 기자들의 호기심을 자극한 건 어찌 보면 당연한 일이었다.

이렇게 바로 인터뷰를 하게 될 줄 알았으면 거울이라도 한번 보고 오는 건데. 원망스러운 눈길로 옆에 있는 코치님을 째려보는데, 기자들의 질문 세례에 시달리는 코치님의 머리에도 까치집이 크게 지어져 있어 웃음이 터졌다. 코치님도 몰랐던 게 확실했다.

무슨 정신으로 대답을 했는지도 모르겠다. 정신을 차렸을 땐 이미 집으로 가는 차 안이었다. 지금 우리한테 무슨 일이 일어난 건지 아직도 어안이 벙벙했다. 집에 들어와 기사들이 하나둘 뜨기 시작하고 나서야, 그제야 실감이 났다.

기사 속 나와 예리의 이야기는 아름답게 포장되어 있었다. '설원에서 피어난 아름다운 우정'이라는 헤드라인으로 대서특필된 기사 링크를 예리한테 보냈다. 예리도 지지 않고 기사 하나를 보내왔다.

기적의 감동 스토리, 절망에서 서로를 구원하다… 눈도 감동한 우정

"푸핫, 이게 뭐야."

링크를 클릭하자 전혀 아름답지 않은 강예리와 내 사진이 대문짝만하게 떠서, 결국 참지 못하고 크게 웃어 버렸다. 그 뒤로도 예리랑 경쟁하듯 오글거리는 기사나 우스꽝스럽게 나온 사진들을 몇 개 더 주고받았다. 눈물이 나올 때까지 웃은 게 얼마 만인지 모르겠다. 오늘 저장한 사진만으로도 서로 평생 두고두고 놀려먹을 거리가 생긴 기분이다. 기사들에는 많은 것들이 생략되고 이상한 서사가 덧붙었지만 딱히 토를 달고 싶지 않았다. 이게 얼마 못 갈 화제라도 오늘만큼은 우리의 패럴림픽 금메달을 전망하는 기사 속 희망을 믿고 싶었다. 패럴림픽 최종 선발전이 코앞이었다. 마음만은 벌써 이탈리아 밀라노 코르티나 패럴림픽 무대였다.

2

"남우희 환자분, 여기서 잠시 대기해 주세요."

몇 시간 동안 진행된 검사를 마치고 진료실 앞 의자에 앉았다. 수술 후 지겹도록 드나든 병원인데 오늘따라 새삼스럽게 긴장됐다. 수술 후 정기 검진 날 외에 병원을 찾은 건 오늘이 처음이었다.

역시 희망은 함부로 품어서는 안 되는 걸까.

꿈에 한발 성큼 다가섰다고 생각한 순간 눈이 또 제동을 걸었다.

처음 눈에 이상을 느낀 건 몇 주 전 설상 훈련 때였다. 그날따라 스키를 타는데 유난히 눈이 시리다는 생각이 들었다. 요즘 눈을 너무 혹사시켰나? 시즌이 본격적으로 시작되면서 스키장에 있는 시간이 배로 늘어났던 터라 눈에 무리가 갈 만도 했다. 고글을 선팅이 조금 더 진한 것으로 바꿔야겠다고 대수롭지 않게 생각하고 넘겼는데, 지난 주말 연습 경기에서 사달이 났다.

마지막 기문을 막 통과했을 때였다. 기세 좋게 마지막 스퍼트를 올리는데 순식간에 눈앞이 캄캄해졌다. 마치 갑자기 컴퓨터의 전원이 꺼지듯, 한순간에.

분명 눈은 뜨고 있는데 빛 한 줌 들어오지 않는 완벽한 암흑.

고글 때문인가 싶어 본능적으로 손을 올렸지만, 아니었다.

고글을 벗어도 보이는 건 아무것도 없었다.

멈춰야 해.

감각 하나가 사라지자 다른 감각 하나가 그 자리를 메우듯 들이쳤다. 눈을 가르는 스키 날 소리가 평소보다 더 날카롭게 들려왔다. 급하게 제동을 거느라 중심이 틀어져 그대로 엉덩방아를 찧었다. 꽤 세게 부딪쳤는지 엉덩이가 얼얼했지만, 그것보다 더한 고통은 따로 있었다.

여전히 아무것도 보이지 않았다.

눈을 몇 번이나 더 감았다 떠 봐도 똑같았다.

이게 뭐야. 왜 이래.

호흡이 가빠지기 시작했다.

아니야. 괜찮을 거야. 이거 그냥…… 일시적인 현상이야. 잠깐 그러고 말 거야.

머리로는 어떻게든 최악의 상황을 떠올리지 않으려고 애썼다. 그런데 그 잠깐이 너무 길었다. 어쩌면 이대로 칠흑 같은 어둠 속에 평생 갇혀 지내야 할지도 모른다는 두려움에 숨조차 제대로 쉬기 힘들었다. 들어가는 숨은 있는데 나오는 숨이 없었다. 마치 호흡하는 법을 까먹은 사람처럼 숨이 내 맘대로 쉬어지지 않았다. 그때였다.

"남우희, 숨 쉬어."

귓가에 익숙한 목소리가 들렸다. 헬멧에 연결된 헤드셋을 통해 예리의 목소리가 흘러들었다.

"지금 가고 있으니까, 진정하고 숨 쉬어. 숨."

후우, 후우. 예리의 말에 맞춰 천천히 호흡을 따라 하자, 조금씩 숨이 다시 쉬어지기 시작했다. 잠시 후, 눈밭을 가르며 전속력으로 달려오는 부츠 소리가 들렸다.

"남우희, 괜찮아? 다친 데는 없어?"

호흡도 아직 정리되지 않은 채, 예리가 거칠게 숨을 몰아쉬며 내 주위를 살피는 게 느껴졌다.

"예리야…… 나 아무것도 안 보여."

예리는 아무 말도 하지 않고 그대로 나를 끌어안았다. 그리고 연신 내 등을 쓰다듬으며 다정하게 속삭였다.

"괜찮아. 괜찮아."

하나도 괜찮은 게 없는데 무엇이 괜찮다는 건지, 그 말을 뱉는 예리도 듣고 있는 나도 정확히 알지 못했지만, 이상하게 예리의 괜찮다는 말을 들으니 마음이 조금 놓이는 것 같았다.

정말 그 말의 효과였을까. 잠시 뒤, 눈앞에 희미한 빛이 스며들기 시작했다.

아주 천천히, 옅게.

10분.

다시 시력이 돌아오기까지 걸린 시간은, 고작 10분이었다. 그러나 세상에서 가장 긴 10분이 가져온 파장은 생각보다 컸다. 당장 모든 연습은 중단됐고, 바로 병원 예약이 잡혔다.

"설원이 반사하는 빛이 눈에 안 좋다는 건 알고 있죠? 지금처럼 눈이 지속적으로 빛에 노출되면 망막과 시신경에 부담이 갑니다. 우희 선수는 사고로 인해 이미 시신경이 손상된 상태고. 이번에 나타난 건 일과성 시각 상실, 즉 일시적 블랙아웃 현상이에요. 이번에는 짧게 왔다가 금세 돌아왔지만 반복될수록 발현 주기도 짧아지고, 지속 시간도 길어질 겁니다. 시신경 기능이 더 저하되기 전에 조치를 취해야 해요."

"조치라고 하면……."

엄마가 떨리는 목소리로 나 대신 물었다.

"눈을 최대한 눈에 노출시키지 않아야 하겠죠?"

"스키를 그만 타야 한다는 말입니까?"

이번에는 아빠가 물었다.

"제가 결정할 수 있는 사항은 아닙니다. 다만, 의사로서의 소견을 말씀드리면…… 이대로 스키를 계속 타면 남은 시력까지 완전히 잃을 수 있습니다."

그 뒤로도 엄마와 아빠는 의사 선생님과 한참 이야기를 나눴지만, 나는 한 귀로 듣고 한 귀로 흘렸다. 어차피 결론은 결국 스키를 그만두어야 한다는 뻔한 이야기라서.

스키를 처음 탈 때부터 예상했던 일이었다. 눈에서 반사되는 빛이 시력에 무리가 간다는 건 스키를 타는 사람이라면 누구나 아는 사실이다. 그렇다고 스키 타는 것을 멈추는 사람은 없다. 그러니까 그건 스키를 타기 위한 일종의 기회비용인 셈이다. 나는 다른 사람들보다 그 기회비용이 조금 많이 크다는 게 문제라면 문제겠지만.

진료 후 심각하게 이야기를 나누고 있는 엄마, 아빠의 눈을 피해 잠시 병원 밖으로 나왔다. 왜 내 문제인데 나한테 어떻게 하고 싶냐고 물어보는 사람은 없을까. 처음 사고가 났을 때도 내 의사와 상관없이 다행이라고 하더니, 지금도 또 내 의견은 아무도 묻지 않는다. 왜 매번 어른들은 자기들 마음대로 결론을 내고 결정지으려고 하는 걸까. 정작 중요한 건 당사자인 난데.

"안 추워?"

따뜻한 캔 하나가 익숙한 목소리와 함께 눈앞에 나타났다. 이제는 보지 않고 목소리만 들어도 누군지 알 수 있는, 내 가이드 러너 강예리.

"언제 왔어?"

"너 이러고 30분이나 있었어. 생각 중인 거 같아서 끝날 때까지 기다리려고 했는데 너는 추워서 안 되겠다."

"그러고 보니 추운 거 같기도 하고."

"미련하긴. 이제 그만 들어가자. 감기 걸려."

예리가 건넨 캔으로 손이나 녹이고 있으니, 캔을 다시 가져간 예리가 이번에는 아예 캔 뚜껑을 따서 손에 쥐어 줬다.

"근데 너 왜 검사 결과 안 물어봐?"

"어차피 네가 말해 줄 거잖아."

이제 예리는 나를 잘 안다.

"나 스키 타지 말래. 계속 타면 완전히 안 보일지도 모른대."

최대한 아무렇지 않은 척 담담하게 말하고, 음료수를 한 모금 마시는데 예리가 물었다.

"그래서 넌 어떤데?"

"어?"

"그래서 넌 어떻게 하고 싶냐고."

처음이었다.

처음으로 예리가 나한테 물었다.

내가 어떻게 하고 싶은지.

오랫동안 누군가 물어봐 주길 기다려 온 질문이었다. 그런데 그게 강예리일 줄이야.

대답하려는데 순간, 울컥한 감정이 목까지 차올랐다. 말로 꺼내기에는 너무 오래 마음속에만 묻어 둔 질문이었나 보다. 그래서 쉽게 말이 나오지 않았다.

아마 예리는 알지 못할 거다. 지금 자기가 나한테 얼마나 중요한 질문을 한 건지.

"사고 났을 때, 뭐가 제일 힘들었는 줄 알아? 꿈이 사라졌다는 거였어. 눈이 안 보인다는 거보다 그게 더 미치겠더라고. 내 인생이 거기서 끝난 거 같아서."

"……."

"그래서 다시 스키 탈 수 있다는 거 알았을 때 미치게 좋았어. 다시 꿈이 생겨서. 난 있지……, 눈이 안 보이는 것보다 스키 못 타는 게 더 무섭다? 웃기지?"

예리가 어떻게 받아들일지 몰라 괜히 쓸데없는 말을 덧붙이며 어색하게 웃었다. 가만히 내 말을 듣고 있던 예리는 잠시 말이 없었다. 그러다 이내 고개를 살짝 저으며 대답했다.

"아니, 하나도 안 웃겨."

예리의 단호한 그 말이 꼭 나를 이해한다는 말처럼 들려 안심이 됐다.

"그럼 됐네. 내일부터 다시 연습하자."

내 고민을 아무것도 아닌 걸로 만들어 버리는 그 말에 어이가 없어서 웃음이 다 났다.

"시시하게 반응이 그게 뭐냐. 난 얼마나 고민을 많이 했는데."

"그냥. 나도 같은 선택을 했을 거 같아서."

예리만이 해 줄 수 있는 완벽한 위로였다.

"그리고 이만한 일로 포기하면 그게 선수냐, 양아치지."

예리가 음료수를 마시며 태연하게 덧붙였다. 이 한마디면 충분하다는 듯이. 그게 우스워서 나는 또 웃고 말았다.

괜한 위로나 조언을 하지 않는 게 예리다워서, 예리가 저렇게 말해 주니 정말 별거 아닌 일처럼 느껴져서 마음에 들었다. 홀가분한 마음으로 나도 들고 있던 음료수를 마셨다.

"근데 아까부터 느꼈는데 이거 대체 무슨 맛이야?"

"왜, 맛있잖아. 다 먹고 버리지 말고 캔 다시 나 줘."

자세히 보니 캔에 예리의 우리 혁이 얼굴이 한가득이다.

"어쩐지. 혁이가 광고하는 거라 샀네. 진짜 의리로 마신다 내가."

꾹 참고 한 모금 더 들이켰다. 근데 아무리 의리라도 이건 진짜 심한데. 옆을 보니 예리는 맛있는지 꿀떡꿀떡 잘도 마셨다. 진짜 음식 취향 이해 안 된다니까.

"근데 넌 진짜 이게 맛있어?"

"맛있겠니? 나도 이건 아무리 우리 혁이라도 안 되겠다. 버리고 다른 거 마시자."

풉, 강예리 때문에 내가 웃는다, 진짜.

3

 예리와 코치님의 지원 사격으로 간신히 부모님을 설득하는 데 성공했다. 무슨 이야기를 해도 내 고집이 절대 꺾이지 않을 거라는 걸 안 엄마는 허락하는 대신 몇 가지 귀찮은 조건을 걸었다. 그중에 가장 어이없는 건 하루에 정해진 시간 이상 설상 훈련을 진행하지 않는다는 항목이었는데, 더 황당한 건 코치님도 예리도 그걸 무슨 목숨처럼 지켰다. 훈련의 질과 상관없이 정확히 약속한 시각이 되면, 무조건 연습은 중단됐다. 오늘처럼.
"어, 시간 됐다. 오늘 훈련 종료!"
"이제 몸 풀렸는데 조금만 더 해요."
"어, 내가 안 돼. 예리야, 훈련 접사."
 그러자 예리가 재빠르게 스키를 벗어 던지고 짐을 챙겼다.
"아, 진짜 미치겠네. 아, 됐어요. 그럼 지 혼자 더 하다 갈게요."

일부러 어깃장을 놓으며 폴대를 밀었을 때였다. 순식간에 달랑 몸이 공중에 들렸다. 코치님과 예리가 양쪽에서 한 팔씩 팔짱을 껴서 나를 들어 올리고 있었다.

"어어. 이거 놔요. 야, 강예리 이거 놔라. 아 좀, 놔 달라고요!"

두 사람은 발버둥 치는 나를 스키장을 벗어난 뒤에야 얌전히 내려 줬다.

"이러다 국대 선발 안 되면 코치님이 책임지실 거예요? 강예리, 너 진짜 기록 떨어져도 괜찮아?"

"남우희, 다신 스키 못 타고 싶어? 너 자꾸 약속 안 지키면 너희 어머니가 아니라 내가 너 스키 못 타게 할 거야, 알았어?"

코치님의 불호령에 결국 한마디 대꾸도 못 한 채, 어쩔 수 없이 고개만 끄덕였다.

"내일은 크리스마스니까 훈련 없다. 주말까지 푹 쉬고, 월요일에 보자."

"네."

방금까지 한마디도 하지 않고 있던 예리가 냉큼 대답했다.

"남우희, 대답 안 하지?"

"……네."

선발전이 얼마 남지 않아 마음이 더 조급했다. 하필이면 패럴림픽 출전자를 결정하는 최종 선발전을 앞두고 이런 일이 벌어졌다는 게, 분하고 속상했다. 그리고 그 원인이 다름 아닌 내 눈이라는 게, 그게 제일 견디기 힘들었다.

마음이 조급해서인지 기록도 영 시원치 않았다. 예리와 함께 팀이 되고 나서 좋아지기만 했던 기록이 처음으로 나빠졌다. 이럴 때는 연습밖에 답이 없는데, 그놈의 연습을 양껏 못 하니 답답해 미칠 노릇이었다. 나는 기록 때문에 미치겠는데 코치님과 예리는 내 눈 걱정이 먼저다. 이런 배려를 받으면서 스키를 타고 싶었던 것은 아니었는데…….

힘겹게 다시 찾은 꿈이 또다시 멀어지려고 하는 것 같아서, 나 때문에 코치님도 예리도 모두가 손해만 보고 있는 것 같아서 마음이 불편했다.

크리스마스 날, 휴식도 반납하고 훈련장으로 향했다. 코치님이나 예리가 알면 또 한 소리 할 테지만 하루 종일 누워서 쓸데없는 생각만 하느라 불안해하느니, 이렇게 몸이라도 움직여 두는 편이 훨씬 나았다.

최근 자세가 많이 무너진 게 스스로도 느껴졌다. 눈에 무리가 덜 가게 한다고 신경을 쓰다 보니 자세 밸런스가 아무래도 영 시원치 않았다. 몇 번이고 될 때까지 자세를 다시 잡아 보는데 훈련장에 지겨운 얼굴이 나타났다.

"오, 지금 자세 완벽했다."

"뭐냐, 깅예리? 쉬는 날 갈 데가 그렇게 없어?"

"내가 할 소리 아닌가. 왜 남우희답지 않은 짓을 하고 있어. 쉬는 날 연습하는 거 이건 내 거지 네 건 아닌 거 같은데."

"연습하러 왔으면 조용히 연습이나 해."

"아닌데 나 놀러 왔는데?"

"어?"

예리 입에서 영 어울리지 않는 단어가 튀어나왔다. 어쩐지 오늘은 꼭 내가 예리 같고, 예리가 나 같다. 누가 몰래 우리 영혼이라도 바꾼 걸까? 의심하는 순간 예리가 내 팔을 턱, 잡았다.

"코치님이 쉬라고 한 말 못 들었어? 가자."

"놀 거면 너나 놀아. 왜 연습하는 사람을 꼬셔."

"에이, 가자. 그래도 크리스마슨데 트리는 봐야지."

"뭐래. 자기가 언제부터 크리스마스를 챙겼다고."

"한번은 보고 싶었어. 같이 볼 친구가 없어서 못 봤지."

"야, 너는 그런 말 좀!"

"왜? 사실인데. 불쌍한 나랑 오늘은 좀 같이 놀아 주지."

"뭐래."

"아아, 남우희! 응?"

어울리지 않게 애교는. 확실히 영혼이 바뀐 게 맞나 보다.

"어휴, 그래, 가자, 가."

예리가 저렇게까지 하는데 별수 있나. 같이 놀아 줘야지.

"그래서 어디로 놀러 갈 건데? 트리 어디가 이쁜지는 알아?"

"아니."

"뭐야, 그러면서 어딜 간대?"

"그래서 누구 불렀어."

"누구?"

"어, 저기 오네."

예리가 불렀다는 사람은 어이없게도 남우진이었다. 불렀다는 사람이 고작 내 동생이라니. 강예리도 친구가 진짜 없긴 없나 보다. 그런데 얘네가 연락을 하고 지냈었나? 언제부터?

"원래 공동의 적을 두면 친해지는 법이거든. 누나 넌 잘 모르겠지만."

헐. 어이없어. 그러니까 지금 둘이 내 욕을 하면서 친해졌다 이거지?

"나보단 우진이가 잘 알 거 같아서 부탁했어, 가자."

남우진은 여전히 어이없어하는 나를 보다가 자신 있게 앞장섰다.

대형 트리 앞은 크리스마스를 즐기러 온 사람들로 가득했다. 예리는 인파를 뚫고 나를 트리 안쪽으로 데려갔다. 그 덕에 불빛에 반짝이는 오너먼트들이 내 시야에도 들어왔다. 추운 겨울 광장 중앙에 서 있는 트리는 따뜻한 빛을 내고 있었다.

"나오길 잘했지? 훈련장보단 여기가 낫지?"

"어, 이쁘다."

"남우희, 조급해하지 마. 기록 그거…… 조급해할수록 더 안 나와."

치, 하나 마나 한 소리.

"그런 뻔한 말 하려고 놀자고 했어?"

"경험담인데. 내가 이쪽으론 선배잖아."

아, 잊고 있었다. 예리가 왜 선수를 그만뒀는지.

내 표정을 읽었는지, 예리가 바로 말을 덧붙였다.

"미안하라고 한 소리는 아니고, 그냥 알려 주고 싶었어. 네 문제는 이제 내 문제기도 하니까."

예리의 입에서 나올 거라고는 생각도 하지 못한 말이었다.

"스키, 너 혼자 타는 거 아니잖아. 코치님도 있고, 나도 있고. 그러니깐 너무 걱정하지 말라고."

"뭐야, 너 이런 말도 할 줄 알아? 강예리한테 이런 말도 다 듣고 영광이네."

"그런가? 그래도 나 이제 좀 믿을 만한 가이드 아닌가? 나 너랑 같이 패럴림픽 금메달 딸 거야."

오늘 예리는 날 울리려고 아주 작정을 했나 보다.

나 혼자만의 문제라고 생각했다. 내 눈 때문에 벌어진 일이니까, 내가 책임져야 한다고, 나 혼자 감당해야 한다고. 그런데 예리는 지금, 혼자 하지 말고 같이 하자고 말하고 있었다. 기록 걱정만 하느라, 내가 타는 스키는 혼자가 아니라 함께 타는 스키란 사실을 잊고 있었다. 그런데 예리는…….

"네가 이러는데 내가 어떻게 널 안 믿어."

울음을 참고 떨리는 목소리로 간신히 대답했다.

"근데 진짜 이쁘다. 이래서 다들 크리스마스트리 보러 오나 봐."

예리는 내 마음을 다 안다는 듯, 핸드폰 카메라로 트리를 찍는 척 슬쩍 자리를 벗어났다. 덕분에 눈물을 참지 않아도 돼서 다행이었다. 우리가 함께한 시간 동안 쌓인 건 기록만이 아니었나 보다.

그 뒤로도 한참을 더 트리 앞에서 시간을 보냈다. 어두워질수록 더 늘어나는 인파로 트리 구경 반 사람 구경 반이었지만 그래도 예리 덕분에 오랜만에 기록에 대한 스트레스를 내려놓고 크리스마스 분위기를 만끽했다. 남우진이 어디서 구했는지 작은 카드 세 장을 들고 와 내밀었다.

"구경 그만하고 누나들도 이거 하나씩 써."

"이게 뭔데?"

"소원 카드. 써서 트리에다 걸면 된대. 그래도 여기까지 왔는데 기념이잖아."

유치하게 뭔 이런 걸 하냐고 구박하려는데, 예리가 날름 자기 소원 카드를 하나 챙겨 사라졌다. 이런 건 원래 서로 보여 주면 안 된다나 뭐라나. 이런 거 제일 싫어하게 생겨가지고는, 강예리도 진짜 이상하다니까.

"무슨 소원이길래 지래."

"안 봐도 뻔하지 뭐. 또 스키겠지. 저 누난 스키 생각밖에 안 하잖아."

"그건 맞지."

"누나 소원은 뭔데? 말해, 내가 써 줄게."

"나? 패럴림픽 금메달!"

"쯧. 여기나 저기나 어쩜 이렇게 뻔하냐. 어우. 재미없어. 아주 둘이 똑같아. 똑 닮았어."

"치, 그러는 넌? 넌 뭐 썼는데?"

남우진 소원 카드로 손을 뻗자, 남우진은 필사적으로 내 손을 저지했다.

"어허, 왜 남의 소원을 보려고 그래. 됐거든."

남우진은 필사적으로 소원 카드를 뺏기지 않으려고 애썼다.

"됐네요. 안 궁금하네요. 뭐 여친 생기게 해 달라고 썼겠지. 아, 용돈 올려 달라고 썼냐?"

"뭐야, 남우진 소원이 그거야? 남우진 아직 애네."

언제 왔는지 예리까지 거들었다.

"아. 진짜…… 내가 여길 괜히 왔지. 기껏 데려왔다니 애 취급이다."

"네가 애지 그럼. 야, 얘 산타 할아버지 열두 살까지 믿었잖아. 모르는 척하느라고 아주 혼났다."

"남우진 은근 순진한 데가 있네."

"멍청한 거지. 예리 넌 몇 살까지 믿었어?"

"나? 믿은 적 없어. 그때가 스키장 대목이라 엄마, 아빠 식당이 엄청 바빴거든. 그런 거 챙겨 줄 시간이 없으셨어. 그래서 처음부터 알았어. 산타 없는 거."

이럴 땐 어떻게 반응해야 할지 몰라 나도 남우진도 약속이나 한 듯 입을 다물었다. 어떻게 좀 해 보라고 서로 눈치만 보고 있는데, 별안간 예리가 웃음을 터트렸다.

"너희 지금 둘 다 표정 완전 똑같은 거 알아? 괜찮아. 슬픈 얘기 아니야. 그날은 장사 잘돼서 마감하고 나면 용돈 두둑하게 받았어. 늦게까지 스키도 실컷 탔고."

그 말을 듣고 나서야 나도 남우진도 표정이 풀어졌다. 예리가 웃으면서 얘기할 수 있는 기억이라 다행이었다.

트리에 소원 카드 세 개가 나란히 걸렸다.

그 앞에서 기념사진까지 야무지게 찍고 예리는 오늘도 용돈 받으러 가야 한다며 먼저 자리를 떴다. 용돈 받으면 맛있는 거 사겠다며 인파 속으로 사라지는 예리를 보는데, 왜 예리가 어른스러운지 조금은 이해가 갔다.

"예리가 나 왜 싫어했는지 확실히 알 것 같아. 나 좀 재한테 생각 없어 보였겠다."

"누나 네가 좀 그런 편이지."

"니도 나 재수 없었이?"

"좀? 넌 다른 사람은 안중에도 없고, 너 스키 타는 것만 중요했잖아."

"재수 없었겠네. 있잖아, 나 혹시 그래서 벌 받은 걸까?"

남우진이 콩하고 내 이마를 쥐어박았다.

"야! 누나를 때리냐."

"바보냐, 하나님이 누나 너처럼 속 좁은 사람인 줄 알아?"

"네가 어떻게 알아."

"내가 하나님이랑 좀 친해."

"너 설마 교회 다녀?"

"이거 봐. 자기 동생한텐 관심이라곤 없지."

"언제부터? 언제부터 다녔는데?"

"괜히 관심 있는 척하지 말래? 가자. 추워."

"아, 언제부턴데? 응? 언제부턴데."

"어우……."

고개를 절레절레 흔들며 진절머리를 치며 걸어가는 남우진을 보는데 코끝이 시큰해져 일부러 더 짓궂게 놀렸다.

병실에 누워 있을 때, 매일 밤 내 머리맡에서 누나 눈만 보이게 해달라고, 앞으로는 누나 안 미워하겠다고, 자신이 잘못했다고, 앞으로는 교회에 열심히 나가겠다고 울면서 기도하던 목소리가 생각났다.

진짜 다니고 있는 줄은 몰랐는데…….

그때 남우진 기도 소리가 하도 커서 깨지 않을 수가 없었다는 건 아마 평생 비밀로 해야 할 것 같다.

4

 드디어 국가대표 선발전 날이 밝았다. 오늘 경기 결과로 패럴림픽 출전 팀이 결정된다.
"남우희, 괜찮아?"
"어, 좋아."
 예리가 건넨 말에 좋다고 대답했지만 사실 하나도 괜찮지 않았다. 시합을 앞두고 이렇게 긴장이 되는 건 처음이었다. 어젯밤 장비를 꾸리다가 고글을 써 본 게 문제였다. 그날 오후 훈련 때까지도 잘만 썼던 고글이 이상하게 불편했다. 틀어진 데가 아무 데도 없는데 몇 번을 다시 뺐다가 껴 봐도 영 콧대가 불편한 게 마음에 안 들었다. 또 번호표도 문제였다. 스키복에 분명 반듯하게 잘 부착해 놓았던 번호표가 별안간 떨어지더니, 몇 번을 다시 붙여 봐도 처음처럼 반듯하게 붙여지지 않았다. 아침에 번호표를 확인한 사람들이 다들 잘 붙여

졌다는데, 이상하게 내 눈에는 아무리 봐도 묘하게 각도가 어긋났다. 코치님도 예리도 괜찮다는데 나는 하나도 괜찮지 않았다.

예리가 내 무릎을 살짝 잡았다 놨다. 나도 모르게 다리를 떨고 있었나 보다.

"남우희, 생각은 내가 해. 넌 아무 생각 말고 그냥 내가 시키는 대로 타기만 해."

"오, 이제 진짜 좀 제대로 된 가이드 러너 같은데?"

떨리는 다리에 힘을 주며, 일부러 가볍게 대답했다.

"가자."

예리가 먼저 일어나 대기실을 나갔다. 이제 곧 우리 차례였다.

후우. 스타트 라인에 서서 숨을 골랐다. 폴대를 잡은 손에 바짝 힘이 들어갔다. 예리랑 눈이 마주쳤다. 우리는 약속이라도 한 듯 서로에게 웃어 보였다.

"셋, 둘, 하나, 고!"

신호에 맞춰 예리가 먼저 출발하고, 뒤이어 나도 힘차게 폴대를 밀었다. 아, 역시 시작부터 좋지 않았다. 폴대가 밀리며 스타트가 늦었다.

고글이 문제가 아니라 장갑이 문제였나? 오늘따라 왜 이렇게 폴대가 자꾸 밀리는 것 같지? 시야는 또 왜 이래. 역시 고글이 문제였어. 아, 간격 더 밀어지면 안 되는데 미치겠네. 두서없이 떠오르는 잡념

들에 잠식돼 갈 때였다.

"남우희, 집중 안 해?"

헤드셋에서 들리는 예리 목소리가 생각을 끊었다.

"우리 지금부터 속도 올릴 거야. 나 믿고 집중해, 알았어?"

"어."

"좋아, 가자. 고!"

예리가 "고!"라고 외치는 순간, 무슨 주문이라도 걸린 것처럼 활강하는 것 외에는 아무것도 신경 쓰이지 않았다. 장갑도, 고글도, 시야도, 삐뚤게 붙은 것만 같던 번호표도. 그리고 갑자기 암흑이 또 찾아올지도 모른다는 두려움도.

점점 빨라지는 속도에 몸을 맡겼다.

기문 하나, 또 하나.

점점 리듬이 맞아 들어가기 시작했다.

얼굴을 스치는 차가운 바람에 모든 걱정이 다 흩어지는 기분이었다.

오직 예리의 목소리만 두려움을 뚫고 선명하게 들렸다.

신경 쓰이는 것은 더 이상 아무것도 없었다.

드디어 피니시 라인이 눈에 들어왔다.

속도를 죽이지 않고 그대로 밀어붙였다. 피니시 라인을 통과하자 두 팔을 번쩍 들어 올린 예리가 시야에 들어왔다. 1차전에 참가한 선수 중에 우리가 제일 빨랐다.

"남우희!"

예리가 그대로 달려와 나를 와락 끌어안았다. 숨이 턱 막히도록 세게.

"우리가 해냈어!"

그 순간, 나도 모르게 웃음이 터졌다. 함께 따라 나온 눈물은 덤이었다.

"예리야."

"잘했어. 진짜 잘했어. 2차전도 이렇게만 하는 거야."

"응."

"남우희, 이탈리아 우리가 가자."

예리가 장난스럽게 내 머리를 헝클어뜨리며 웃었다. 경기장에 온 이후 처음으로 마음이 놓였다.

2차전은 한결 가벼운 마음으로 스타트 라인에 섰다. 이미 2위와는 기록 차이도 제법 났다. 이대로 큰 실수만 없으면 선발전 우승은 우리였다.

"편하게 해. 편하게. 연습한 대로만."

출발 직전. 이깨를 잡은 고치님 손에 힘이 들어갔다. 침착하려고 애쓰고 있었지만, 모두가 흥분한 게 느껴셨다.

시작과 동시에 쾌조의 스타트를 끊었다. 거침없이 빠른 속도로 질주하며 기문들을 통과해 나갔다. 이대로라면 1차진보다 디 빠른 기록이 나올지도 모르겠다고 생각한 순간, 시야가 툭 하고 꺼졌다. 순식간에 모든 것이 사라졌다. 두 번째 찾아온 암흑이었다.

이래서 그렇게 불안했었나 보다.

젠장.

4 진실과 진심 사이

1

"우희야. 남우희."

이름을 부르는 소리에 무거운 눈꺼풀을 천천히 들어 올렸다. 벌써 병원에서 맞는 열 번째 아침이다. 그날 경기 중 찾아온 두 번째 암흑은 내게 십자 인대 파열과 정강이뼈 골절이라는 선물을 선사했다.

한참 기세 좋게 속도를 올리던 터라, 앞에 있던 기문을 미처 피하지 못하고 그대로 들이박았다. 몇 바퀴 더 굴렀던 것도 같은데 내 기억은 거기서 끝이었다. 눈을 떴을 때는 이미 수술까지 다 마친 뒤였다.

짧으면 6개월, 길면 1년이라는 재활 기간을 선고받았다. 그나마 다행이라면 두 번째 찾아온 암흑도 짧게 왔다가 갔을 뿐 시력에 큰 영향을 미치지는 않았다는 것 정도랄까? 이렇게 잠깐 왔다 갈 거면 피니시 라인 통과한 후에 올 것이지 뭐 이렇게 요란하게 왔다 갔는지 타이밍이 참 야속했다. 이로써 패럴림픽 티켓은 완전히 날아갔다.

우리가 얼마나 힘들게 준비했는데 부상으로 인한 강제 시즌 종료라니. 나 때문에 예리도 시즌을 날리게 생겼다. 많이 실망했으려나? 예리를 볼 면목이 없다.

열흘이 지나도록 예리는 병원에 코빼기도 안 비쳤다. 코치님과 다른 선수들은 물론, 지영이랑 착착이를 건강하게 낳고 배가 다시 홀쭉해진 미영 언니까지 다녀갔다. 그런데도 오직, 강예리만이, 내 가이드 러너만이 병원에 한 번도 찾아오지 않았다. 연락도 수술 직후 온 괜찮냐는 톡 하나가 전부였다.

처음 며칠은 예리도 속상하겠지 싶어 얌전히 연락을 기다렸다. 그런데 사흘 나흘이 지나도록 오만 사람들이 다 왔다 가는데도, 예리만 얼굴을 비치지 않자 슬슬 화가 나기 시작했다.

"아무리 속상해도 그렇지, 얘는 내가 걱정도 안 되나?"

참다못해 최대한 아무렇지 않은 척 메시지도 보냈지만, 돌아오는 답은 없었다. 그쯤 되자, 이제는 화를 넘어서 걱정이 되기 시작했다. 적어도 내가 아는 예리는 이유 없이 이럴 애가 아니었다. 뭐지? 뭘까. 지금 내가 예리라면…… 설마, 지금 나한테 미안해서? 예리라면 충분히 그러고도 남았다.

분명 지금 어디서 또 혼자 죄책감에 땅굴을 파고 있을 게 뻔했다. 자기 잘못도 아닌데. 처음 블랙아웃이 왔을 때 말리지 않은 걸 후회하고 있을 거다. 정작 다쳐서 시즌을 날리게 만든 건 난데. 에리한테 미안하다고 사과해야 하는 건 난데.

거기까지 생각이 미치자 마음이 급해졌다. 빨리 예리한테 말해 줘야 했다. 네 잘못이 아니라고. 그러니깐 땅굴 그만 파고 나오라고. 그리고 그때 안 말린 것보다 지금 안 찾아오는 게 더 잘못이라고. 당장 안 오면 두고두고 삐질 거라고.

급하게 핸드폰을 찾아 전화를 거는데, 신호가 몇 번을 가도 연결이 되지 않았다. 아무래도 내 전화는 받지 않기로 작정한 모양이다.

"엄마, 엄마 핸드폰 좀."

"어? 엄마 핸드폰은 왜?"

"예리가 내 전화는 안 받아요."

네가 아무리 그래도 우리 엄마 전화는 못 피하겠지. 마음이 급해 손부터 뻗는데 건네지는 핸드폰이 없었다.

"아이고, 내가 핸드폰을 어디에 뒀나."

"뭐야, 갑자기. 아까까지 엄마, 아빠랑 통화했잖아."

"그러게. 근데 왜 없을까? 화장실에 두고 왔나? 안 받으면 그냥 두지 뭘 그렇게까지 전화를 해, 귀찮게. 예리가 바쁜 일이 있나 보지. 핸드폰 좀 찾아봐야겠다."

어색하게 주머니를 뒤지며 병실을 벗어나는 엄마는 평소의 엄마랑 달라도 너무 달랐다. 예리한테 내가 모르는 무슨 일이 생긴 게 분명했다.

남우진을 호출했다. 용돈만 주면 뭐든 다 하는 남우진은 이런 데

특화된 인재다. 지금은 부상 때문에 내가 직접 움직일 수 없으니, 남우진을 통해 예리에게 직접 메시지를 전달할 생각이었다. 전화는 피해도 직접 찾아간 남우진은 피하지 못할 테니까. 그런데 남우진이 병실로 들어서자마자 툭 내뱉은 한마디에 모든 계획이 틀어졌다.

"예리 누나, 왔었어?"

"그게 무슨 소리야?"

"로비에 엄마랑……."

거기까지 말하더니, 뭔가 잘못됐다는 걸 깨달았는지 남우진이 입술을 깨물었다. 작게 욕 비슷한 소리도 들리는 걸 보니 실수를 해도 단단히 했나 보다.

"뭔데?"

"뭐가?"

"다 들켰으니깐 숨기는 거 있으면 빨리 털어놔."

"아, 몰라. 엄마가 말하지 말랬어."

"그니깐 뭘 말하지 말랬는데? 예리가 병원에 맨날 왔다가 허탕 치고 간 거?"

"뭐야, 알고 있었어?"

"아니, 그냥 떠본 거야. 근데 그걸 네가 문 거고."

"아이씨. 이런 미친…… 아 몰라. 나 갈래."

"가긴 어딜 가. 비밀을 발설했으면 책임을 져야지."

"무슨 책임?"

"앞장서. 예리, 지금 로비에 있다며, 가서 내가 직접 만날게."

"엄마랑 같이 있다니까."

"엄마가 못 만나게 하는 거구나. 알았어. 그럼 혼자 가지 뭐."

"아오 진짜. 병실로 부를 때부터 이상했어, 내가. 따라와."

결국 남우진이 머리를 긁적이며 앞장섰다. 병실 문을 열려던 바로 그 순간, 문이 먼저 열렸다.

"엄마, 저기 그게……."

남우진이 잘못한 강아지처럼 낑낑거렸다.

"우진이 집에 가. 엄마가 누나랑 이야기할게."

"네."

차라리 쫓겨나서 다행이라는 듯 남우진이 서둘러 병실을 빠져나가자, 병실에는 엄마와 나 단둘만 남았다.

"엄마, 어떻게 된 거예요?"

"앉아, 앉아서 이야기해."

내가 침대에 걸터앉자, 엄마는 말없이 링거 줄을 정리했다. 나도 더 채근하지 않고 엄마가 링거 줄을 마저 정리하고 이야기할 준비가 될 때까지 조용히 기다렸다.

"우희야, 우리 스키 그만하자."

가장 듣기 싫은 말이 결국 엄마 입에서 나왔다.

"코치님이랑 예리한테도 말했어. 너 이제 스키 그만둔다고."

"엄마, 이건 내 일이잖아. 내 일인데 왜 나한텐 묻지도 않고 엄마 마음대로 결정해. 그래서 예리도 연락 못 하게 엄마가 막은 거야?"

"그래, 엄마가 예리한테 당분간 연락하지 말라고 부탁했어. 우희야, 엄마 너 스키 타는 거 이제 더 못 보겠어."

"엄마, 내가 괜찮다잖아. 의사 선생님도 재활하면 다시 스키 탈 수 있다잖아. 그런데 왜?"

"눈은! 네 눈은 생각 안 해? 또 경기 중에 블랙아웃 오면, 그러다 진짜 또 크게 사고 나면 어쩔 건데?"

"……"

"우희야, 너 지금 시한폭탄 안고 사는 거야. 언제 터질지 몰라서 마음 조마조마한 거 엄마 그거 안 하고 싶어."

"엄마……"

"우희야, 그만하자. 그게 예리한테도 좋아."

"……그게 무슨 말이에요? 내가 그만두는 게 예리한테도 좋다니?"

쉽게 답하지 못하고 망설이는 엄마를 보며 내가 모르는 무언가가 더 있다는 걸 직감했다.

"엄마, 솔직하게 다 말해 줘."

"예리, 선수 포기한 거 아니야."

"어?"

"처음부터 재기하려고 가이드 러너 제인 빚아들인 거라고. 국가대표 선발까지만 도와주기로 했어. 조건은 선수 생활 지원이었고."

"아니, 엄마. 나 지금 엄마가 무슨 말 하는지 모르겠어. 예리가 왜?

예리가 어떻게?"

"선수 생활 계속하려면 돈이 필요하니까."

순간 머릿속이 하얘졌다.

이제야 조각난 퍼즐들이 맞춰지는 기분이었다. 예리와 함께할수록, 같은 꿈을 꾸면서도 해소되지 않았던 근원적인 질문. 왜 강예리가 내 가이드 러너를 하겠다고 했을까. 그게 언제나 궁금했는데…….

"요즘 예리 연락도 많이 온대. 이렇게 된 거 빨리 정리하고 선수로 다시 복귀하는 게 예리한테도 낫지."

"예리는? 예리도 그 말에 동의한 거야? 정말로?"

"오늘 코치님이 예리 부모님 만나실 거야. 우희야, 예리 보내 주자."

숨이 턱 막혔다. 그제야 깨달았다. 엄마가 말하는 '정리'는 그냥 스키를 그만두는 게 아니라 예리를 보내자는 의미까지 담겨 있었다는 걸. 내가, 내 꿈 때문에 예리의 꿈을 막고 있었다는 걸. 왜 그걸 지금까지 한 번도 생각하지 못했을까. 바보같이.

"우희야, 응? 그러니까 이제 우리 스키 그만하자."

"생각해 볼게요."

"우희야."

"엄마 이건 내 일이잖아. 내가 결정하게 해 줘요."

엄마가 가장 상처받는 말이라는 걸 알면서도 결국 그 말을 뱉고 말았다. 엄마가 단 한 번도 나와 자신을 분리해서 생각해 본 적이 없다는 걸 알지만 이번만큼은 나도 어쩔 수 없었다.

"엄마가, 엄마가 어떻게 그래. 엄만, 너 또 사고 나면 진짜 못 살아. 스키 계속 타면 눈 갈수록 더 나빠진다잖아. 이런 일 앞으로 더 자주 발생할 텐데. 진짜 어쩌려고 그래? 우희야, 여기서 그만하자. 선수 그거, 꼭 안 해도 돼."

기어이 엄마 눈에서 눈물이 떨어졌다. 내가 또 엄마를 울게 했다. 사고가 난 이후 매일 밤 행여 소리가 새어 나갈까 방문을 꼭 닫고 숨어서만 울던 엄마가 오늘은 처음으로 내 앞에서 울었다.

"미안해. 우희야, 미안해. 이게 다 엄마 때문이야. 엄마가 너 스키 다시 탄다고 했을 때 그때 말렸어야 했는데, 그랬어야 했는데…… 엄마 욕심에…… 엄마 욕심에…….'"

엄마는 말을 다 잇지 못하고 두 손에 얼굴을 묻었다.

"괜찮아. 엄마, 엄마 잘못 아니야."

몸을 일으켜 엄마를 품에 안았다. 엄마의 떨리는 어깨가 그대로 느껴졌다.

알고 있었다. 사고 후 장애를 받아들이지 못하고 가장 힘들어 한 사람은 내가 아니라 엄마였다는 거. 막상 나는 달라진 시력에 적응해 가는데, 그런 나를 보는 엄마 눈은 눈물이 마를 새가 없었다. 하루아침에 장애인이 된 딸의 인생이 무너졌다고 믿었던 엄마는 딸의 인생이 가여워서 매일 밤 혼자 숨죽여 울었다. 그 눈물이 조금씩 마르기 시작한 건, 내가 다시 스키를 시작하고 나서였다. 그리고 '저시력 시각 장애인'이라는 말 뒤에 '스키 선수'라는 호칭이 붙었을 때 엄마의 눈물은 완전히 멈췄다.

그때 엄마 눈물이 완전히 멈춘 게 내 장애를 온전히 받아들여서만은 아니란 걸 나도 알고 있었다. 아마 엄마는 거기서 어떤 희망을 보았을 거다. 내 딸이 비록 장애를 입었어도, 이대로 인생이 끝난 건 아니라는 희망. 장애인이 된 딸도 여전히 국가대표가 될 수 있다는 가능성.

그런 엄마를 원망하고 싶은 생각도 원망하는 마음도 없었다. 엄마도 엄마 방식대로 변해 버린 내 상황을 받아들일 시간이 필요했을 테니까.

어릴 때부터 엄마는 늘 그랬다. 내 무릎이 까지면 자기 무릎이 까진 것처럼 아파했고, 내가 밥을 안 먹으면 자기도 같이 굶었고, 내가 아프면 마치 자기 잘못이라도 되는 양 밤새 자책하며 내 옆을 지켰다. 그러니 어쩌면 엄마한테는 나보다 더 많은 시간이 필요했을 거였다. 그게 엄마가 나를 사랑하는 방식이니까.

어깨 떨림이 잦아드는 것 같더니 엄마가 품에서 벗어났다. 손으로 쓱쓱 눈물을 닦아 낸 엄마는 가만히 내 손을 잡았다.

"우희야, 근데 이젠 아니야. 지금 이대로도 충분해. 너만 엄마 옆에 건강하게 있으면……그거면 돼. 엄마가 너무 늦게 받아들여서……이제야 그걸 깨달아서 미안해. 그러니까 우리 이제 스키 그만하자."

"엄마. 엄마 마음 알아. 근데 나 엄마 때문에 스키 다시 탄 거 아니야.”

몇 번을 망설이다가 겨우 입을 열었다.

“나 스키 타는 게 좋아. 진짜 너무너무 좋아요, 스키가.”

“우희야.”

누구의 눈에서 떨어진 것인지 모를 눈물 한 방울이 엄마와 내 손등 위로 떨어졌다.

“그러니까 엄마. 나 시간을 좀 줘요. 그만두든 계속하든 내가 결정할래요.”

엄마도 더는 말하지 않고 고개만 끄덕였다.

사실 내가 진짜 하고 싶은 말은 따로 있었다. 그러나 모든 진실을 알게 된 지금, 그런 말을 할 자격이 나한테는 없는 것 같았다. 끝내 계속 스키를 타고 싶다는 그 말은 뱉지 못하고 도로 안으로 삼켜 버렸다.

◇◇◇

뱉지 못하고 도로 삼킨 말 때문이었을까. 그때 하지 못한 말이 마치 명치에 걸린 것처럼 며칠째 속이 답답하고 더부룩했다. 잘 먹지도 잘 사시도 못한 며칠이 지나가는 동안 내내 한 가지 생각에만 사로잡혀 있었다.

예리기 니힌데 헷던 말 중에 어디끼지기 진실이고 어디끼지가 거짓이었을까. 당장은 아니더라도 언젠가는 꼭 묻고 싶었다. 너는 왜 내 가이드 러너를 하겠다고 했냐고. 내 가이드 러너를 하기로 한 거 후회하지 않냐고. 그런데 그 답을 이렇게 허무하게 알게 될 줄은 몰랐다.

"나 제대로 된 가이드 러너가 되고 싶어."
"스키, 너 혼자 타는 거 아니잖아."
"그래도 나 이제 좀 믿을 만한 가이드 아닌가? 나 너랑 패럴림픽 금메달 딸 거야."
"남우희, 이탈리아 우리가 가자."

예리가 했던 말들을 며칠 동안 하나하나 곱씹었다. 그 말들을 바보같이 믿은 내가 잘못인 걸까. 그 말들을 모두 믿게 만든 예리가 잘못인 걸까. 그 말 중에 진심은 정말 단 하나도 없었을까?
예리한테 우리, 아니 내 꿈은 그냥 계약 조건을 달성하기 위한 수단에 불과했다는 사실을 받아들이기까지 꼬박 일주일이 걸렸다. 내가 모든 진실을 알게 됐다는 게 예리한테도 전해졌는지 그 일주일 동안 하루에 한 번씩 예리한테 전화가 걸려 왔지만 한 번도 받지 않았다. 아니 받을 수 없었다. 예리 목소리를 들으면 볼썽사납게 매달리게 될 것 같아서 전화를 받지 않았다.
처음 이틀은 배신감에 몸이 떨렸다. 예리한테 놀라고 화가 난 만큼 이 모든 걸 내게 말도 없이 꾸민 엄마한테도 화가 났다. 예리의 꿈을 돈으로 산 것도, 그리고 그걸 내가 아무것도 모른 채 이용하게 만든 것도 수치스럽고, 예리도 엄마도 미웠다.

처음부터 그냥 왔다 갈 거면서 예리는 왜 그렇게 내가 자기를 믿게 했는지, 왜 처음부터 사실대로 밝히지 않았는지 도무지 이해가 가지 않았다. 나를 기만했다는 생각에 치가 떨렸다. 그러다 다음 이틀은 예리가 왜 그랬는지 이해해 보려고 애썼다. 애쓰다 보니 또 예리 입장도 이해가 갔다. 나였어도 선수 생활을 계속할 방법이 있다면, 그게 무엇이든 했을 테니까.

생각해 보면 예리는 거짓말을 한 적이 없었다. 처음부터 예리는 계약 때문이라고 말했고 계약에 충실했던 것뿐이었다. 그 말을 멋대로 믿고, 끝까지 함께할 거라고 기대한 건 나였다. 그러니까 결국 예리를 계속 내 가이드 러너로 두고 싶은 내 욕심이 문제였다.

지금 당장 이번 시즌도 망쳤으면서, 재활에 성공한다는 보장도 없으면서, 언제 또 찾아올지 모르는 시한폭탄을 안고 있으면서, 앞길이 창창한 예리를 붙잡아 두는 건 그러니까 내 욕심이었다. 어쩌면 엄마 말대로 스키를 이쯤에서 그만두는 게 모두를 위해 옳은 선택일지도 몰랐다. 진작 그만두었어야 할 스키를 내 미련 때문에 여기까지 끌고 온 건 아닐까라는 결론 앞에서 나는 맴돌았다.

그래서 나머지 시흘은 순전히 나 자신과 싸우는 시간이었다. 강예리도, 스키도 놓아주어야 하는 걸 알면서도 놓고 싶지 않았다. 할 수만 있으면 계속 붙잡고 싶었다. 이게 순전히 내 욕심만 채운 아주 이기적인 선택이라 할지라도.

  이제는 아예 명치에 묵직한 응어리가 얹혀 있는 듯 답답했다. 주먹으로 쿵쿵 여러 번 두드려도 소용없었다.

2

긴 슬로프 위에 홀로 서 있었다.

파란 하늘은 깊고 맑았고 보드라운 흰 눈은 햇빛을 받아 투명하게 빛났다. 슬로프를 따라 길게 늘어선 초록색 나무들과 코스를 따라 꽂혀 있는 빨간색 기문들까지.

모든 것이 지나치리만큼 선명했다.

그래서 알았다, 이게 꿈이라는 걸.

현실보다 더 생생한 꿈.

스타트 라인에 서서 폴대를 꽂았다. 손에 쥔 그 감촉이 낯익고 따뜻했다. 언제나 나를 흥분시키는 기분 좋은 긴장감이 등줄기를 타고 올라왔다. 숨을 깊게 들이쉬었다가 단숨에 멈췄다. 그리고 슉 폴대를 힘 있게 밀어낸 순간, 온몸이 쏟아지듯 앞으로 튀어 나갔다. 스키 날이 눈을 기르며 경쾌히 미끄러지는 소리는 끝내주는 활강이 될 거라는 예고였다.

안정적으로 스타트 구간을 통과하고, 속도를 붙이자 매서운 바람이 뺨을 스쳤다.

기문에 최대한 바짝 붙어 회전 구간을 통과하고, 에지를 바꾸는 순간에도 속도를 놓지 않았다.

날과 날로만 타며 경사면을 통과하는 깨끗하고 스피드한 스킹.

몸이 기억하고 있던 감각들이 하나씩 깨어났다.

누군가의 음성도, 지시도, 도움도 없었다.

오직 내 판단과 내 의지로 하는 활강.

내가 원하는 속도로 내가 원하는 선을 그리며 자유롭게 타는 스킹.

완벽하게 혼자였다.

오랜만에 느껴 보는 속도와 쾌감에 팔에 소름이 돋았다. 이게 꿈이라는 게 믿기지 않을 정도로 모든 감각이 지나치게 생생해 어지러울 정도였다.

다시는 없을 줄 알았다. 누군가의 도움 없이 혼자 슬로프를 원 없이 활강하는 일은.

호흡은 벅찼지만 마음은 한없이 가벼웠다.

한참을 내려온 것 같은데 아직도 피니시 라인이 보이지 않았다. 마치 끝이 없는 듯 부드럽고 완만하게 이어진 슬로프가 유난히 길어서, 그래서 더 마음에 들었다.

한 수만 있다면, 이대로 멈추지 않고 밤새 슬로프 위에서 스키를 타고 싶었다.

할 수만 있다면, 이 꿈을 아주 오랫동안 꾸고 싶었다.

깨고 싶지 않은, 단꿈이었다.

3

정오가 다 되어서야 느지막이 눈을 떴다. 아주 오랜만에 자는 늦잠이었다. 개운하게 몸을 일으켰다.

"웬일이래, 이 시간까지 잠을 다 자고. 하도 달게 자서 깨우지도 못했네."

"꿈에서 깨기 싫어서."

"얼마나 좋은 꿈이길래?"

"엄마, 나 예리 만날래요."

가습기에 물을 채우던 엄마 움직임이 뚝 멈췄다.

"생각 정리된 거야?"

고개를 끄덕이자 엄마가 핸드폰을 건넸다.

"전화해 봐. 네 연락 기다리고 있을 거야."

"안 물어봐요? 내가 어느 쪽으로 결정했는지?"

"지금은 네가 어떻게 결정하든 엄마가 믿어 줄 차례인 것 같아서."
"고마워요, 엄마."
엄마는 내 손을 한 번 꼭 잡아 주고는 조용히 자리를 비켜 주었다.
핸드폰 화면을 켰다. 여전히 부재중 전화 목록에는 예리 이름이 가득했다. 천천히 통화 버튼을 눌렀다. 비로소 예리를 대면할 용기가 생겼다. 이제 미뤄 뒀던 숙제를 해결할 차례다.

예리는 전화한 지 한 시간도 안 돼서 병원에 도착했다. 꼭 내 연락만 기다리고 있던 사람처럼. 강예리가 이렇게 쉬운 사람이었다니, 진짜 왕년의 얼음 공주 다 죽었다.
"너는 뭐 팅기지도 않냐. 내가 네 전화 몇 번을 씹었는데 한 번에 이렇게 달려와 민망하게."
"남우희, 너 진짜 스키 그만둘 거야?"
에두르는 거 없이 다짜고짜 제일 궁금했던 질문부터 하는 게 예리다웠다.
"예리야, 내가 어제 진짜 끝내주는 꿈을 꿨거든?"
"꿈?"
"슬로프 위에 혼자 서 있는데, 눈이랑 하늘이 다 너무 선명한 거야. 꼭 사고 나기 전처럼. 그래서 진짜 오랜만에 원 없이 속도 내고 시원하게 활강했어. 그거 네가 봤어야 하는데, 스킹 진짜 예술이었거든."
예리가 묻는 말에는 대답도 안 하고, 한참을 꿈 얘기만 했는데도 예리는 다그치거나 끊지 않고 꿈 얘기를 끝까지 들어줬다.

"좋았겠네."

"말해 뭐 해."

예리가 피식 웃었다.

"꿈인데도 좋더라, 다시는 그렇게 못 탈 줄 알았는데……."

잠시 침묵이 흘렀다.

"그래서 그런가. 예리야, 이제 미련이 없다, 나는."

"남우희. 그게 무슨 소리야?"

역시, 눈치 빠른 강예리. 다 알아들었으면서 꼭 이렇게 다시 한번 묻는다.

"다 알아들었으면서 뭘."

"그러니까 그게 무슨 소리냐고."

"예리야, 나 이제 스키 그만 타려고."

스키를 그만둔다고 말하는 목소리가 떨리지도, 촌스럽게 울음이 섞이지도 않아서 다행이었다.

아까 꿈에서 깼을 때 그런 생각이 들었다.

이만하면 됐다고.

스키를 타는 꿈을 꾼 건 사고 이후 처음이었다. 사고가 난 이후에도, 다시 스키를 타기 시작한 이후에도 희한하게 한 번도 스키 타는 꿈은 꾸지 않았었다. 그런데 어제, 마치 뭘 알기라도 하는 것처럼 딱 그 꿈을 꾼 거였다.

꿈속에서 나는 선명한 시야로 속도를 느끼며 마음껏 활강했다. 누군가의 도움도 없이.

꿈이라는 건 알고 있었지만 그래도 좋았다. 아니 오히려 고마웠다. 꼭 누군가가 그동안 애썼다고, 이제 놓아도 괜찮다고 마지막으로 준 선물 같았다.

그렇게 네가 좋아하는 스키, 꿈에서라도 한번 원 없이 타 보고, 혹시 맺힌 게 있다면 미련 없이 다 두고 가라는, 스키가 내게 건넨 작별 인사 같았다.

"내 욕심이었던 것 같아. 사고가 나도, 안 보여도 계속 타겠다고 우겼는데 결국 또 병원 신세잖아. 나 때문에 코치님이랑 네 시즌도 망쳤고. 이쯤 되면 그만하라는 신호를 누가 계속 보내는 거 아닌가 싶어."

괜히 예리에게 짐을 하나 더 실어 주고 싶지 않아 애써 산뜻하게 웃어 보였다. 예리의 표정이 정확하게 보이지는 않았지만 지금 대충 어떤 표정을 짓고 있는지는 느껴졌다. 아무래도 연습이 부족했는지 내 미소가 하나도 먹히지 않은 것 같다.

"진심이야?"

"응. 그러니까 너도 시간 낭비 그만하고 얼른 다시 선수 복귀해."

"우희야, 그건."

"안 미안해해도 돼. 내가 눈치가 없어도 너무 없었던 거지. 내가 이렇게 맨날 내 생각만 해. 그러니까 보내 줄 내 가."

"너도 어른들이랑 똑같네."

화가 많이 난 듯 예리한테서 처음 들어보는 낮은 목소리였다.

"뭐?"

"그걸 왜 네가 마음대로 정하는데? 아줌마한테 전부 얘기 들었다며. 그럼 나한테 제일 먼저 연락해서 내 이야기부터 들어 봤어야 하는 거 아니야?"

아, 실수했다. 예리 말이 백번 옳아서 아무런 반박도 할 수 없었다. 사고가 났을 때 내가 어떻게 하고 싶은지 묻는 사람이 아무도 없었다고 그렇게 속상해했으면서 나도 예리한테 똑같은 짓을 하고 말았다. 예리는 처음으로 내가 어떻게 하고 싶은지 물어봐 준 사람이었는데.

하지만 나도 나름의 이유는 있었다. 이건 물어보고 말고 할 문제가 아니라고 생각했다. 예리 선택은 당연히 선수 복귀여야 하니까. 그래서 묻지 않았다. 오히려 내가 먼저 물어보는 게, 예리 선택에 괜히 방해만 될까 봐, 내 마음이 정리될 때까지 꾹 참고 연락을 안 했던 건데.

"너, 내가 이제 더는 선수 하기 싫다면 어떻게 할래?"

예리는 왜 이렇게 황당한 소리를 하는 걸까? 이게 얼마나 바보 같은 말인지 얘는 알기나 할까? 예리가 스키를 얼마나 좋아하는지 나는 잘 안다. 스키를 포기 못 해서 자존심까지 구기고 그렇게 싫어하던 내 가이드 러너까지 했으면서 지금 와서 스키를 그만두겠다고?

"너 혹시 나 때문에 그래? 나한테 의무감 느껴서? 나 재활 끝나도 스키 다시 탈 수 있다는 보장 없어. 또 언제 블랙아웃 올지도 모르고. 내가 시한폭탄 안고 사는 거랑 같다더라. 근데 내가 어떻게 스키를 타. 나 이제 스키 못 타. 아니 내가 안 타."

"그래도 내가 너랑 타고 싶다면?"

"야, 강예리. 내가 동정은 싫다고 했지."

"동정 아니야. 너 때문도 아니고."

"그럼 대체 이유가 뭔데?"

"스키…… 이제 혼자는 못 타겠어."

허, 진짜 기가 막혀서. 설득할 거면 좀 그럴듯한 이유라도 만들어 오지. 천하의 강예리가 혼자 스키를 못 타서 가이드 러너를 계속하겠다고? 진짜 지나가던 개미가 들어도 웃겠다. 예리는 진심으로 내가 그 말을 믿을 거라고 생각한 건가? 너무 어이가 없어서 헛웃음이 다 났다.

"안 믿기지?"

자기도 안 믿긴다는 걸 아니 그나마 다행이라고 해야 하나.

"그럼 믿겠냐? 이유라고 가져온 게 겨우 그거야?"

"근데 우희야, 나 자신이 없다?"

예리와 세상에서 제일 안 어울리는 말이었다. 그래서 그 말을 듣자마자 알았다. 예리의 아까 그 말은 나를 설득하기 위해 만들어 낸 가짜 이유가 아니라는 걸.

"강예리."

"우습지."

예리는 민망하다는 듯 웃었지만, 나는 그런 예리가 하나도 우습지 않았다. 직감적으로 알았다, 이제는 내가 예리 이야기를 들어주어야 할 차례라는 걸. 그래서 예리가 그랬던 것처럼 나도 재촉하지 않고 예리가 먼저 입을 열 때까지 가만히 기다렸다. 그런 내 마음이 전해졌는지 예리는 한 번도 하지 않았던 자신의 이야기를 담담히 들려줬다.

예리가 스키를 선택한 건 우연보다는 운명에 가까웠다. 스키장에서 식당을 운영했던 부모님 덕분에 모래보다 눈이 익숙했던 예리가 스키를 시작한 건 어찌 보면 당연한 일이었다. 어려서부터 보고 자란 사람들 발에는 다 긴 막대기가 달려 있었다. 여섯 살 때 한 강사가 내민 스키에 겁도 없이 올라탄 게 시작이었다. 며칠 만에 넘어지지 않고 초보자 코스를 내려가는 예리를 보면서 누가 말했다.

"사장님, 얘 스키 선수 시켜야겠어요."

"너 유명한 스키 선수 돼서 너희 엄마, 아빠한테 효도해라."

그렇게 꼬맹이 예리는 운명처럼 스키 선수가 꿈이 됐고 스키 선수가 돼서 엄마, 아빠한테 효도하는 게 목표가 됐다. 불행인지 다행인지 예리에게는 돈이라는 자원은 없었지만 재능이라는 자원이 있었다. 그래서 식당을 찾은 코치와 선수들의 눈에 쉽게 띄었고, 스키부가 있는 학교에 입학해 장학금을 받으며 스키 선수 생활을 지속했다.

"반드시 1등만 해야 했어. 그래야 지원을 받고 스키를 계속 탈 수 있으니까, 나는 스키 잘 타서 부모님께 효도해야 하니까. 기록이 좋았을 땐 그 꿈이 상관없었는데 기록이 떨어지기 시작하니까 그게 너무 무겁더라."

예리가 얼마나 무거운 짐을 짊어지고 있었던 건지 감히 상상조차 되지 않았다. 나는 처음 스키를 시작할 때도, 부상 후 다시 스키를 시작할 때도, 늘 내가 제일 중요했다. 내가 잘하는 것만 중요했고, 내가 좋아하는 스키를 얼마나 잘 타느냐만이 전부였다. 그래서 누군가는 좋아하는 것과 잘하는 것이 완벽하게 일치해도, 그걸 유지하기 위해서는 계속해서 자신의 실력을 증명해 내야만 한다는 걸 몰랐다. 한 번의 실수나 부진한 기록이 지원의 중단으로 연결될 수 있다는 걸 몰랐다.

예리의 스키에는 부모님의 기대와 예리의 부담감이 얹혀 있었다. 내가 재밌는 놀이하듯 스키를 타는 동안, 예리는 불안감과 싸우며 스키를 타고 있었다.

그제야 이해가 갔다. 예리가 왜 그렇게 대기실에서 날을 세우고 있었는지. 왜 항상 혼자였는지. 그런 예리에게 매주 신상 젤리나 건네는 내가 얼마나 가벼워 보였을지도. 이런 사정이 있는 줄 알았으면 그때 혼자 두지 말고, 내가 더 다가갈걸. 예리가 쳐 놓은 차가운 벽을 조금이라도 녹여 보려고 애 좀 써 볼걸. 어린 예리를 그렇게 혼자 두었던 시간이 이제 와서 미안해졌다.

"나 너 사고 소식 들었을 때 사실 조금 좋아했어. 너 없으니까 남은 국대 자리 하나는 내가 쉽게 차지할 수 있겠다고 생각했거든. 그래서 벌 받았나?"

누가 친구 아니랄까 봐 멍청한 생각도 닮나 보다. 남우진처럼 나도 예리 머리를 한 대 쥐어박아 줄까 하다가 그만뒀다. 지금은 그것보다는 이야기를 들어주는 게 예리한테 더 필요한 것 같아서.

"너 사고 난 이후에 기록이 끝도 모르고 떨어지는데 뭘 해도 소용없더라. 연습량을 두 배 세 배 늘리고, 루틴도 바꿔 보고 할 거 다 했는데 자꾸 더 떨어지기만 하더라고. 끝을 모르고 추락하는데, 진짜 딱 그만두고 싶더라. 근데 그만둔다는 말도 못 했어. 우리 집 희망은 나니까. 진짜 웃긴 게 뭔지 알아? 스키 탈 때마다 돈이 많이 들어서 죄스러운데, 또 희망도 스키밖에 없다는 거야. 내가 이거 말고 뭐로 효도하겠어. 그럴 때마다 그런 생각이 들더라. 그냥 내가 스키를 못 탔어야 했다고. 여섯 살 꼬맹이가 스키를 왜 그렇게 쓸데없이 잘 탔을까? 겁도 없이……."

예리는 분명 웃으면서 이야기하는데, 나는 꼭 지금 예리가 울고 있는 것 같다는 생각이 들었다.

결국 상비군에서까지 잘리고, 하나 남았던 후원금까지 끊겨서 막막할 때, 그때 딱 우리 엄마가 예리를 찾아왔다. 내 가이드 러너를 해 주면 선수 생활을 계속할 수 있는 장학금을 지급해 주겠다고. 시력을 거의 다 잃었다고 들었는데 여전히 내가 스키를 탄다는 게, 그리고 여전히 내가 자기보다 좋은 환경에서 스키를 탄다는 게 예리는 배가 아팠다. 그래서 처음에는 거절했다고 했다.

"그런데 일주일도 못 가서 승낙했어. 선택지가 그거밖에 없더라고. 그래서 더 까칠하고 못되게 굴었어. 그게 내 자존심이었나 봐. 처음엔 진짜로 딱 계약대로만 하고 가려고 그랬어. 돈도 받고 훈련도 이용하자 그랬어. 근데 못 그러겠더라. 네가 너무 스키에 진심이라."

바보 같은 강예리. 스키에 진심이었던 건 자기면서.

"미안해. 처음부터 솔직하게 말 못 해서."

예리가 처음 마음먹은 대로 하지 못했다는 건 내가 제일 잘 알았다. 곱씹고 생각을 하고 또 해 봐도 예리가 가이드 러너에 진심이 아닌 적은 한 번도 없었다. 요령 부릴 줄 모르는 미련한 강예리는 이기적으로 굴지도 못하고, 이것도 자기 방식대로 성실하게 해냈다. 선수로 다시 돌아갈 거라는 사람이 자세까지 다 망가뜨리면서.

"그럼 이제 됐네. 넌 계약 이행 성실하게 했고. 난 이제 가이드 러너가 필요 없고. 계약 끝났으니까 이제 다시 선수로 돌아가."

예리 마음을 돌릴 수 있는 마지막 기회라는 생각에 일부러 더 독하게 말했다. 그런데…….

"우희야, 내가 스키 타면서 웃고 있더라."

이런 말을 하는 건 반칙이다.

"너랑 스키 타면서 알았어. 나도 스키가 재밌던 때가 있었다는 거.

너무 옛날이라 까먹고 있었는데 너랑 타면서 기억났어."

강예리 진짜.

"나, 너랑 스키 타는 거 재밌었나 봐."

묻고 싶었지만 차마 묻지 못했던 그 질문에 대한 답을 이렇게 듣게 될 줄은 몰랐다. 적어도 나랑 스키를 타는 동안만큼은 예리의 스키가 조금이라도 가벼워지길 바랐는데. 듣고 싶었던 그 말에 창피하게 눈물이 터졌다.

강예리도 안 우는데, 강예리가 스키가 재미있다는데, 강예리가 더 이상 스키가 안 무겁다는데 내가 울어 버렸다.

"야, 네가 여기서 울면 이상해지잖아. 나도 안 우는데 네가 왜 울어."

"기특해서 그런다. 기특해서."

예리도 스키가 재미있었던 때가 있었다는 말이 이렇게 반가울 줄은 몰랐다. 그 말 한마디에, 그동안 예리가 버텨 온 시간이 고스란히 다 느껴지는 것 같았다.

"기특하면 그만둔단 소리 말고 네가 나 책임져. 네가 나 재밌게 타는 거 맛 들여 놓고 혼자 그만둔다고 도망가면 그거 진짜 양아치다."

"너 바보냐? 선수 할 애를 가이드 러너로 주저앉히는 게 진짜 양아치지. 정신 차려. 나 재활 성공 못 하면 너 시간 낭비하는 거야. 나 재활 성공 못 할 수도 있어."

"어, 내가 그렇게 안 둬."

"선수 제안 들어왔다며. 진짜 후회 안 해?"

"다 거절해서 나 갈 데도 없어."

이런 엄청난 소리를 예리는 참 태연하게도 한다.

"야, 너 미쳤어? 그게 어떤 기회인데 그걸 날려! 엄마 아빠도 아셔? 너 효도 안 해?"

"이게 효도래."

"어?"

"난 내가 엄마, 아빠를 책임지고 있다고 생각했거든. 그러니깐 당연히 앞으로도 그래야 한다고 생각했어. 엄마, 아빠가 없는 형편에 스키를 시킨 것도 다 나한테 바라는 게 있어서라고 생각했어. 그러니깐 나는 스키를 함부로 그만둘 수도, 그만둬서도 안 된다고. 근데 아니었어."

예리의 목소리가 살짝 떨리기 시작했다.

"나 하고 싶은 대로 하래. 하기 싫으면 언제든 그만둬도 된대. 내가 스키를 너무 좋아해서 꼬맹이가 지치지도 않고 손발이 얼 때까지 스키를 타는 게 너무 행복해 보여서 그래서 시킨 거래."

예리는 말을 이어 가다 몇 번이나 멈춰야 했다.

목 끝까지 차오르는 감정을 꾹꾹 눌러 삼킨 예리는, 겨우 남은 말을 이어 갔다.

"엄마, 아빠는 내 행복 말고는 바라는 게 하나도 없대. 그리고 미안하대. 너무 일찍 철들게 해서."

그 말을 끝내고 예리는 고개를 숙였다. 끝내 눈물이 터진 예리는 두 손으로 얼굴을 감싸고 조용히 흐느꼈다.

그런데 이상하게 그 울음소리는 슬프게만 들리지 않았다. 긴 시간 동안 맺혀 있던 응어리가 풀린 뒤 흘리는 안도의 눈물 같았다.

한참을 그렇게 울고 난 뒤, 예리는 훨씬 가벼워진 얼굴로 고개를 들었다. 그리고 단단한 목소리로 자신의 결심을 전했다. 이제 처음으로 누군가의 꿈이 아닌 자신을 위한 꿈을 꿔 보기로 했다고.

"남우희, 이제 네 꿈이 내 꿈이기도 해. 나랑 같이 패럴림픽 가자. 몇 년이 걸려도 상관없어."

나는 아무 말도 하지 못했다.

"난 이제 혼자 타는 스키 재미없다. 남우희 나랑 같이 스키 타자."

그 말을 듣고도, 쉽게 입이 떨어지지 않았다. 하지만 예리는 다 안다는 듯 미소 지으며 말을 이어 갔다.

"복잡하면 딱 하나만 생각해. 너 정말 스키 안 타고 살아도 괜찮아?"

치사한 강예리. 예리는 이제 나를 알아도 너무 잘 안다.

"아니…… 내가 괜찮을 리 없잖아."

"그러면서 뭘 튕겨. 잡을 때 못 이기는 척 그냥 스키 타고 싶다고 그래."

그럴 줄 알았다는 듯 예리는 장난스럽게 웃으며 말했다.

"그래, 스키 타고 싶다. 너무너무 타고 싶어."

결국 강예리 고집에 내가 또 졌다. 아니 처음부터 이길 수가 없는 싸움이었다. 나한테는 스키가 가장 큰 약점이니까. 나는 한 번도 스키를 안 타고 싶었던 적이 없었으니까.

그 사실을 인정하자 일주일 내내 소화되지 못하고 명치끝에 얹혀 있던 묵직한 응어리가 비로소 내려가는 기분이 들었다. 그 순간 소화가 다 됐다는 걸 증명이라도 하듯 커다란 트림 소리가 우렁차게 병원 복도를 울렸다.

"꺼억."

순간, 병원 복도 전체가 멈춘 듯 조용해졌다.

"뭐야, 방금 무슨 소리야?"

"몰라, 어디 막혔던 하수구라도 뚫렸나?"

마침 복도를 지나가던 사람들의 때 아닌 소리 출처 찾기 논쟁에, 입술을 꽉 깨물고 웃음을 참고 있던 예리가 결국 터져 버렸다.

"푸하하하하."

아, 쪽팔려, 진짜.

"미쳤나 봐, 남우희. 대체 뭘 먹으면 그런 소리가 나?"

"그런 거 아니라고. 조용히 해라."

"아니긴 뭐가 아니, 푸하하하하."

예리는 하려던 말도 다 못 하고 아주 신나서 발까지 구르며 웃었다. 그런 예리를 어이없이 보다가 결국 나도 그 웃음에 전염돼 같이 웃어 버렸다.

조용하던 병원 복도에 우리 웃음소리만 울려 퍼졌다. 며칠 묵은 응어리를 단번에 날려 버리는 아주 경쾌한 웃음 소리였다.

4

 지독한 재활이 진행되는 동안 시간은 빠르게 흘러 계절이 세 번이나 바뀌었다. 짧으면 6개월 길면 1년이 걸릴 거라던 재활은 정확히 9개월 만에 마무리됐다. 그리고 다시 찾아온 겨울, 나는 여전히 얄미운 코치님의 손가락을 노려보는 중이다.
 "남우희, 똑바로 안 달리지? 자꾸 옆 라인으로 넘어간다."
 "아니, 그건."
 "강예리, 가이드가 자기 선수 제대로 안 보지?"
 "아니, 그건."
 "열 바퀴 추가!"
 어차피 대답도 안 들을 거면서 말은 왜 거는지 모르겠다. 다 접혔던 코치님의 손가락이 다시 다 펴졌다. 계절이 몇 번이나 바뀌어도, 여전히 훈련은 빡세고, 코치님의 손가락은 일관되게 얄밉다. 아직 부러뜨리지 못한 저 손가락은 어쩌면 내가 아니라 이제는 예리가 먼저 부러뜨릴지도 모르겠다.

강예리는 한다면 하는 애니까.

몇 번이나 포기하고 싶었던 재활도 예리 덕분에 버틸 수 있었다. 예리는 재활에 실패하게 두지 않겠다는 자기 말을 지켰다. 덕분에 물리치료실은 언제나 나와 예리의 고성으로 가득했지만. 아, 물론 거기에 코치님의 '다시!' 소리도 한 세트처럼 빠지지 않고 함께였다.

지독한 재활보다 더 지독한 두 사람 덕분에 나는 무사히 재활 기간을 버텼다. 9개월 만에 처음으로 다시 슬로프 위에 섰을 때, 함께했던 것도 두 사람이다. 그러니까 두 사람이 결국 내가 다시 스키를 타게 했다.

"이거 이거 바퀴 수 늘렸다고 속도 느려지는 거 봐라. 집중 안 하지?"

간만에 코치님 칭찬 좀 하려 했더니, 좀처럼 코치님은 감상에 젖을 시간을 안 준다.

"마지막 한 바퀴! 늦게 들어오는 놈 열 바퀴 추가다!"

"아니 그런게 어딨……."

말이 채 끝나기도 전에 예리가 속도를 올렸다. 저런 배신자 같으니라고! 예리가 저렇게 나오면 별수 있나. 나도 속도나 올려야지.

"강예리, 내가 너보다 무조건 빨리 들어간다아아!"

결국 오늘도 또 코치님 농간에 놀아나 한겨울에 땀범벅이다. 이따 집에 가서 코치님 정말 너무한 거 아니냐고 한껏 투덜거리면 그럼 엄마는 또 말하겠지.

"그러게 누가 다시 스키 타랬니."

그래, 이 모든 건 다 내가 자초한 일이다.

아주 가끔. 그날의 결정을 되짚어 본다.

그래도 역시 백 번을 물어도 백 번 다 선택은 그때와 같이 스키다.

완전히 보이지 않게 되는 게 두렵지 않은 건 아니다. 언제 또 블랙아웃이 찾아올지 모르고, 어쩌면 다시 부상을 당할지도 모른다.

그래도 내가 여전히 스키를 타는 건 아무리 대비하고 예비해도 불행은 습격처럼 불시에 찾아올 수 있다는 걸 이제는 알아서다.

나는 선택했다. 언제 찾아올지 모르는 불행을 대비하느라 움츠러드느니, 불행이 찾아와도 아쉽지 않은 오늘을 살겠다고.

원치 않는 내일이 기다리고 있을지도 모른다.

패럴림픽에 출전하지 못할 수도 금메달을 따지 못할 수도 있다. 어쩌면 내가 감히 상상도 못 할 큰 불행이 또 기다리고 있을지도 모르겠다.

그래도 괜찮다.

몇 번을 넘어져도 다시 또 일어서면 되니까.

내 곁에는 기꺼이 나와 함께 그 도전을 이어 나갈 든든한 동료가 있으니까. 몇 번을 넘어지고 또 넘어져도 나는, 그리고 우리는 일어나서 다시 또 꿈을 꿀 테니까.

그래서 난 오늘도 스키를 탄다.

나를 가장 잘 아는 내 가이드 러너와 함께.

"준비됐어?"

세상에서 가장 든든한 가이드 러너가 물었다.

"응."

예리와 함께라면 그게 어디라도 갈 수 있다.

"그럼 가 볼까?"

"레디, 고!"

작가의 말

열등감과 질투로 밤을 지새운 날들이 저에게도 있었습니다. 솔직히 고백하자면 지금도 저를 좀먹는 그 불편한 감정에서 완전히 자유롭지 못합니다. 이 원고를 쓰면서도 수많은 작가님들을 시기하고 질투하고 부러워했습니다. 그래서 저에게 우희와 예리는 특별합니다. 어른인 저도 해내지 못한 인정과 수용, 그 어려운 걸 해낸 우희와 예리에게 많이 배웠습니다. 우희의 꼬인 데 없는 건강한 에너지와 예리의 우직한 성실함을 사랑합니다. 이야기가 표류할 때마다 이 아이들이 가진 힘이 길을 찾아 주고, 앞으로 나아가게 했습니다.

교정 작업 중 몽골에서 만난 때 이른 눈을 보며, 우희와 예리가 슬로프에서 내려다보던 풍경을 떠올렸습니다. 슬로프 위에 서면 모든 걸 잊게 된다는 우희의 말이 무엇인지 조금은 알 것 같았습니다. 그때 만난 눈은 포기하지 않고 이야기를 마무리한 제게 우희와 예리가 준 선물일지도 모르겠습니다.

이야기를 알아봐 주신 교보문고와 심사위원분들께 감사드립니다. 앞이 보이지 않아 캄캄할 때 전해진 수상 소식은 계속 이야기를 써도 된다는 응원이었습니다. 청소년 소설로 바꿔 보자고 제안해 주신 권정은 PD님, 이 작품을 믿고 끝까지 지지해 주신 위즈덤하우스와 박현숙 팀장님께도 깊이 감사드립니다. 덕분에 부유하던 이야기가 비로소 제자리를 찾아 세상에 나올 수 있었습니다. 이 이야기의 영감이 되어준 최사라 선수, 고운소리 가이드 러너, 이경희 가이드 러너, 그리고 감수해 주신 대한체육회 김나미 사무총장님께도 고마움을 전합니다. 마지막으로 부족한 저를 항상 최고라 말해 주는 우리 가족, 특히 제가 더 좋은 사람이 되고 싶게 만드는 남편과 아이에게 사랑을 전합니다. 이 책이 아이에게 좋은 선물이 되었으면 좋겠습니다.

어디로 흘러갈지 알 수 없는 인생이지만, 길을 잃었다고 생각하는 순간에도 인생은 우리를 늘 다음 장으로 데려간다고 믿습니다. 다음 장에 빛나는 미래가 기다리고 있다고 믿으며 오늘도 또 한 고개를 넘습니다. 이 책이 고개와 고개 사이 잠시 쉬어 가는 분들에게 위로가 되고, 다시 길을 나설 용기가 되면 좋겠습니다.

그럼, 다음 장에서 뵙겠습니다.

2025년 초겨울, **지은**

텍스트 017
활강

초판 1쇄 인쇄 2025년 11월 12일
초판 1쇄 발행 2025년 11월 26일
글 지은
펴낸이 최순영

어린이 문학1 팀장 박현숙
키즈 디자인 팀장 이수현
디자인 오세라

펴낸곳 (주)위즈덤하우스 **출판등록** 2000년 5월 23일 제13-1071호
주소 서울특별시 마포구 양화로 19 합정오피스빌딩 17층
전화 02)2179-5600 **내용문의** 02)2179-5768
홈페이지 www.wisdomhouse.co.kr **전자우편** kids@wisdomhouse.co.kr

ⓒ 지은, 2025

ISBN 979-11-7171-549-7 43810

* 이 책의 전부 또는 일부 내용을 재사용하려면 반드시 사전에 저작권자와
  ㈜위즈덤하우스의 동의를 받아야 합니다.
* 인쇄·제작 및 유통상의 파본 도서는 구입하신 서점에서 바꿔드립니다.
* 책값은 뒤표지에 있습니다.

단독 인터뷰

"이토록 뜨겁고 찬란한 스무 살"

알파인 스키 시각 장애인 선수 남우희
가이드 러너 강예리

안녕하세요. 티매거진입니다.

안녕하세요, 남우희입니다. 오늘 인터뷰 잘 부탁드려요. 혹시 제가 긴장해서 막 이상한 소리를 해도 알아서 정리 잘 부탁드립니다.

◇◇◇

부상과 재활을 무사히 마치고 세계선수권 대회에 화려하게 복귀한 소감은?

음, 끝내 준다? 그냥 하는 말이 아니라 진짜 대회에 다시 선 것만으로도 너무 좋았거든요. 복귀 후 첫 세계 대회라 메달은 바라지도 않았어요. 그냥 이번에는 완주만 하자, 그게 목표였어요. 그런데 부담이 없어서 그랬나 1차 기록이 나쁘지 않은 거예요. 그래서 2차 때는 욕심을 좀 부렸는데 진짜 메달을 따게 될 줄 몰랐어요. 이번에는 은메달이지만 다음 선수권 대회에서는 금메달을 꼭 목에 걸겠습니다.

◇◇◇

알파인 스키 유망주에서 시각 장애인 선수가 되었을 때 가장 힘들었던 점은?

힘든 점이야 많았죠. 스키는 균형이 생명인데, 시야가 제한되면 그 감각이 완전히 달라지거든요. 예전에는 눈으로 지형을 읽고 타이밍을 잡았는데, 이제는 제 눈보다 가이드의 목소리를 더 믿어야 해요. 자세도 예전처럼 제 마음대로 안 되고요. 속상하기도 하고, 솔직히 무서울 때도 많았죠.

그런데 사실 그것보다 더 힘들었던 건 사람들의 시선이었어요. 자꾸 저를 불쌍하게 보더라고요. 예전처럼 편하게 대해 주지도 않고. 다들 걱정해서 그러는 줄은 알지만 걱정보다는 응원을 해 주시면 좋겠습니다. 그때나 지금이나 저는 스키 선수니까요.

◇◇◇

얼마 전 프랑스 전지훈련을 마쳤는데 전지훈련 하루 일정은?

새벽에 일어나서 바로 오전 훈련을 해요. 점심 먹고 잠시 쉬었다가 스키 장비들을 정비하고 나면, 또다시 오후 훈련이 시작돼요. 저녁을 먹은 뒤에는 개인적으로 부족했던 체력 훈련을 하거나, 영상을 보면서 기술을 점검해요. 그러다 보면 어느새 잘 시간입니다. 전훈 가면 하루 종일 훈련만 한다고 보시면 돼요. 안 그래도 일정이 빡센데 저희 팀에는 강예리가 있잖아요, 완전 연습벌레. 그래서 뭐 진짜로 그냥 훈련만 합니다. 강예리 진짜 지독해요. (웃음)

183

훈련 일정이 없을 때는 어떻게 지내는지?

저는 일부러라도 스키랑 전혀 관련 없는 걸 하려고 해요. 예리랑 쇼핑도 가고, 영화도 보고, 맛있는 것도 먹으러 다니고요. 그냥 스무 살 또래 친구들이랑 똑같아요. 아, 수업도 최대한 빠지지 않으려고 하고요. 예리랑은 같은 대학 같은 과예요. 정말 지겹도록 매일 붙어 있습니다. 강예리가 저 아니면 친구가 없어서 제가 열심히 놀아 주고 있어요.

◇◇◇

집에서는 어떤 딸 어떤 누나예요?

음, 고집 센 사고뭉치? 물론 엄마, 아빠 두 분 다 선수 생활을 응원해 주시지만 걱정이 많으시죠. 아무래도 스키를 계속 타는 게 시력에는 좋지 않으니까요. 그래도 뭐 어쩌겠어요, 제가 이게 좋은데. 앞으로도 좋은 딸은 못 될 거 같습니다. 그리고 동생한테는 한마디만 하겠습니다. 남우진, 게임 그만하고 공부해라. 성적 떨어지면 용돈 없다.

◇◇◇

좋아하는 사복 패션은?

편한 게 제일 좋아요. 사실 거의 맨날 운동복이에요. 거기에 모자나 운동화 같은 걸로 포인트 주는 스타일을 좋아해요. 과하지 않고 심플하게요. 패션 센스가 그리 좋다고 생각하지 않아서 깔끔한 스타일을 추구하는 편입니다. 그래도 강예리보다는 제가 나은 것 같긴 해요.

◇◇◇

스무 살 남우희가 가장 좋아하는 것은?

너무 뻔한 답이라 시시하게 들릴 수도 있는데 역시 스키요. 아직까진 스키보다 좋은 건 없는 거 같아요. 훈련하기 싫은 날도 있고, 갑자기 부담감이 밀려올 때도 있는데, 그래도 슬로프 위에 서면 모든 게 다 잊혀져요. 활강하기 직전 그 긴장되는 순간을 제일 좋아하는 것 같아요. 아마 그것보다 더 좋아하는 건 못 찾을 거 같습니다.

◇◇◇

강예리와 함께한 가장 잊지 못할 순간은?

재활 마치고 처음으로 다시 슬로프에 섰을 때요. 9개월 만에 다시 슬로프 위에 섰는데 무섭더라고요. 다 회복됐다는 걸 아는데도 쉽게 발이 떨어지지 않았어요. 그날 진짜 제가 슬로프 위에서 못 내려가고 세 시간을 버텼거든요? 그런데 예리가 한 번도 재촉하지 않고 옆에 같이 있어 줬어요. 제 가이드 러너 진짜 짱이죠? 어디서도 이런 가이드 러너는 못 만날 것 같아요.

남우희에게 강예리의 의미는?
이거 예리가 보면 오글거린다고 한 소리 할 것 같은데, 예리는 제 자랑이에요. 강예리 같은 가이드 러너, 아니 친구가 제 인생에 있다는 게 제 자랑입니다.

남우희에게 스키란?
제 꿈이에요. 그냥 저 자체고요. 사고가 났을 때, 시력을 잃었다는 것보다 스키를 다시 못 탄다는 게 더 슬펐거든요. 어떤 순간이 와도 스키를 안 타는 건 상상해 본 적이 없어요. 앞날을 장담할 순 없지만 앞으로도 스키 타는 걸 멈출 생각은 없어요. 전 스키 타는 게 제일 재미있고 제일 좋습니다.

선수로서 이루고 싶은 꿈은? (2030년 프랑스 알프스 동계 패럴림픽 기대해도 될까요?)
당연히 패럴림픽 금메달이요. 한국 최초로 알파인 스키 패럴림픽 금메달을 꼭 따고 싶어요. 그런데 사실 그것보다 진짜 더 이루고 싶은 건, 예리랑 건강하게 오래오래 스키 타는 거예요. 은퇴했을 때 어떤 후회도 남지 않게요.

마지막으로 하고 싶은 말은?
제가 이런 말을 하게 될 줄 몰랐는데, 저는 운이 좋은 사람 같아요. 물론 사고를 안 당했으면 좋았겠죠. 하지만 이미 일어난 일이잖아요. 거기에 매몰돼서 한탄하며 시간을 보내고 싶지 않아요. 시력은 잃었지만 여전히 좋아하는 일을 하고 있고, 또 평생 친구를 얻었잖아요.
이 정도면 꽤 행복한 인생 아닌가요? 네, 저는 지금 완전히 행복합니다. 그리고 무엇보다 지금의 제가 좋아요.

"스키는 첫사랑, 아니 짝사랑 같아요."

말차 아이스크림을 가장 좋아하는
스무 살 강예리 가이드 러너

안녕하세요. 티매거진입니다.
안녕하세요. 강예리입니다. 이렇게 인터뷰할 기회를 주셔서 감사합니다.

◇◇◇

선수에서 가이드 러너로 전향한 이유는?
기록이 예전만큼 안 나왔어요. 국가대표 상비군에서도 탈락하고, 팀에서도 방출되고 더 이상 선수 강예리는 아무도 원하지 않을 때, 가이드 러너 제안이 왔습니다. 제가 선택을 했다기보다는 선택당한 거죠. 스키를 계속 타기 위해서는 그 길밖에 없었어요.

◇◇◇

다시 선수로 복귀할 생각은 없는지?
없습니다.

◇◇◇

조금의 망설임도 없네요. 그만큼 가이드 러너로 만족한다는 거죠?
네. 가이드 러너를 하면서 잊고 있었던 스키 타는 재미를 다시 찾았어요. 어느 순간부터 기록에 대한 압박감 때문에 스키를 즐기지 못했거든요. 그런데 둘이 함께 타니깐 확실히 그 부담도 반으로 줄더라고요. 그리고 이치피 경기에 대한 책임은 선수가 지는 거 아니겠어요? 전 가이드 러너잖아요. 잘해도 못해도 다 남우희 선수 책임입니다. (웃음)

◇◇◇

남우희 선수와 호흡을 맞추는 비결이 있는지?
저희 정말 많이 싸워요. 그게 비결 아닌 비결인 거 같습니다. 마음에 담아두는 거 없이 솔직하게 뭐가 마음에 안 드는지 뭐가 좋았는지 다 얘기해요. 그래서 싸우기도 많이 싸우지만 그만큼 서로에 대해서 누구보다 잘 알아요. 저는 이제 진짜 우희 표정만 봐도 지금 뭐가 불편하구나, 뭐가 마음에 안 드는구나 알아요. 아마 남우희보다 남우희 표정을 잘 아는 사람은 저밖에 없을 거예요.

◇◇◇

선수 시절 별명이 '얼음 공주'였고 지금은 '설원의 냉미녀'인 것 알아요?
우희가 맨날 그걸로 놀려서 알고 있습니다. 그런데 전 그 별명에 동의하지는 않아요. 저 그렇게 차가운 사람 아닙니다.

◇◇◇

아, 그럼 미녀라는 부분은 동의하시는 거군요.
딱히 부정하지는 않겠습니다. 저도 거울은 보니까요.

남우희 선수와 함께 찍은 아이스크림 광고가 그야말로 대박이 났는데 소감은? (여전히 최애는 말차?)

솔직히 얼떨떨합니다. 촬영하면서도 이게 맞나? 진짜 괜찮나? 싶었는데 많이들 좋아해 주시더라고요. 네, 여전히 최애는 말차 아이스크림입니다. 말차파 여러분, 말차 아이스크림이 계속 나오게 우리 더 열심히 먹어요!

훈련 일정이 없을 때 어떻게 지내요?

저는 원래 집에 있는 걸 좋아합니다. 훈련 없으면 침대에 하루 종일 누워서 스키 영상을 보거나 덕질하면서 시간을 보내요. 최애 아이돌 직캠을 보거나 밀린 떡밥을 정주행하기도 하고요. 그런데 요즘은 쉬는 날마다 남우희한테 끌려 다니느라 바쁩니다. 근데 뭐, 나름 그것도 나쁘지 않은 것 같아요.

직캠이라, 꽤 오래 좋아하는 아이돌이 있다고 들었는데 그분 직캠이겠죠?

네, 맞습니다. 데뷔 때부터 팬이니깐 벌써 8년 차 팬이에요.

그게 다예요? 누군지 안 밝혀요? 이 인터뷰를 그분이 볼 수도 있잖아요.

아뇨. 전 제 최애가 제 존재를 몰랐으면 좋겠어요. 그냥 멀리서 그분의 행복만 응원하겠습니다. 사고 치지 말고 건강하게 오래오래 무대에 서 주세요, 제발.

스무 살이 되고 나서 시도한 것은?

최근에 운전면허를 땄어요. 스키 선수들한테 자가용은 필수거든요. 이동도 많은데 한번 움직일 때마다 챙겨야 할 장비도 많으니까요. 스키만 해도 여러 대 챙겨야 하고, 부츠, 헬멧, 폴, 보호대, 스키 정비 도구, 스키복, 운동복 등등. 그래서 이동할 때마다 우희 어머님께 신세 졌는데 연수 열심히 받아서 기동성까지 겸비한 완벽한 가이드 러너가 되는 게 올해 목표입니다.

강예리에게 남우희란?

존경하는 친구요. 우희는 맨날 저한테 지독하다고 하는데, 사실 진짜 독한 건 우희예요. 제가 우희였으면 전 다시 스키 못 탔을 거 같아요. 우희가 너무 쉽게 해내니깐 다들 이게 얼마나 대단한 일인지 잘 모르는 것 같아요. 시력이 거의 사라졌는데 다시 스키를 틴다는 거 아무나 할 수 있는 일 아니잖아요. 우희니깐 해 낸 거예요. 남우희는 제가 가장 존경하는 스키 선수입니다.

강예리에게 스키란?
첫사랑 같아요. 아니 짝사랑인가. 너무 좋아하는데 그 마음을 스키가 잘 몰라주는 것 같아 답답하고, 그래서 밉기도 하고요. 그런데 또 쉽게 포기는 안 돼서 미치겠는 그런 존재 같아요, 스키 앞에서는 항상 잘하고 싶어서 안달복달하는 저를 마주하게 돼요.

가이드 러너로서 이루고 싶은 꿈은?
당연히 금메달이죠. 우희랑 패럴림픽에서 꼭 금메달 따고 싶어요. 금메달 따면 서로의 목에 걸어 주기로 약속했거든요, 그 약속 꼭 지키고 싶습니다.

마지막으로 하고 싶은 말은?
전 그냥 제가 좋아하는 일을 열심히 하는 것뿐인데, 그런 저에게 관심 가져 주시고 응원해 주셔서 진심으로 감사힙니다. 그 마음에 보답할 수 있도록 최선을 다하겠습니다. 서는 늘 가진 게 적다고 생각했는데 그래서 더 열심히 할 수 있었던 것 같아요. 할 수 있는 게 그것뿐이니 앞으로도 계속 노력하겠습니다.

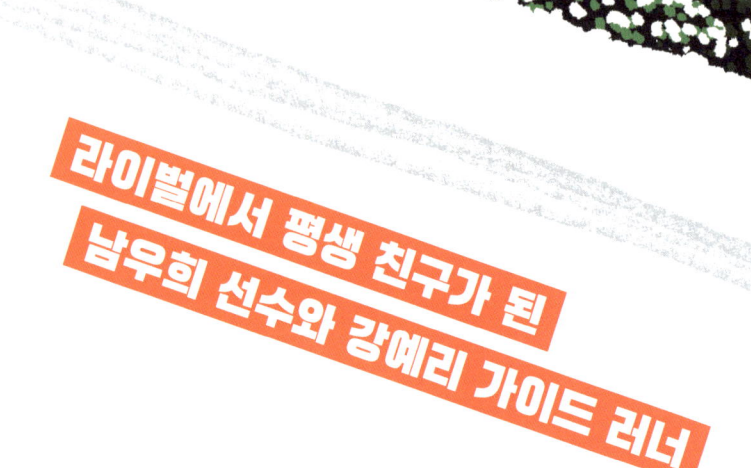

라이벌에서 평생 친구가 된
남우희 선수와 강예리 가이드 러너